Author
海翔
Illustration
あるみっく
「昨日の活躍から、海斗のパーティの全員に二つ名がついたみたいなんだ」
轟の炎術使い
大魔導少女
「全員に二つ名？ 意味がわからないんだけど」
令和御前
ブから始まる
探索英雄譚
The story of an exploration hero who has worked his way up from common people
7

「多分大丈夫じゃない。キャンプする人達ってバーベキューじゃないにしても調理とかするでしょ」
「海斗さん私にもお肉をお願いします」
「食材を切るのはお任せ下さい」
「そもそもダンジョン内のバーベキューを想定した規定なんか無いんじゃないか」

「んふ、んふ、んふ」
「別にダンジョンでバーベキューしちゃダメとかないよな」
「海斗、もういいだろ！食べるぞ！」

「ああああ!?」
よく見るとバルザードの刃先の部分が一部欠けていた。
俺の、俺の大事なバルザードが～。

モブから始まる探索英雄譚7

海翔

HJ文庫
1116

口絵・本文イラスト　あるみっく

7 The story of an exploration hero who has worked his way up from common people

CONTENTS

P005　プロローグ

P008　第一章 » 黒い彗星はイケメン？

P045　第二章 » レイドバトル

P122　第三章 » ダンジョンバーベキュー

P181　第四章 » 春休みの予定

P237　第五章 » いつもと違う週末

P290　エピローグ

プロローグ

「今日のゲストはダンジョン探索隊《たんさくたい》の隊長である葛城侑史《かつらぎゆうし》さんです」

「葛城です。よろしくお願いします」

「ダンジョンが現れてはや二年。世界中でダンジョンの調査が進んでいますが、日本でダンジョン探索《たんさく》といえば葛城さんですよね～」

『いや、私だけではないですよ。チームですから』

「ご謙遜《けんそん》を。今子供たちのヒーローといえば一番に上がるのが葛城さんですからね」

「ありがとうございます」

『葛城隊長にお伺《うかが》いします。ズバリダンジョンの調査はどこまで進んでいるんでしょうか」

「そうですね。日々努力はしていますがモンスターがいますからね。一筋縄ではいきませんよ」

「モンスターですか。まるでゲームみたいですね」

「ゲームと違《ちが》って命がけですけどね」

二年前、出現したダンジョンの調査に世界中が躍起《やっき》になっていた。

大国は競《きそ》って軍隊を投入し、日本でも自衛隊を中心とした探索隊が結成され、日々未知のダンジョンへと挑《いど》んでいた。

その中心メンバーは頻繁《ひんぱん》にメディアに取り上げられ、その姿はさながらゲームの中の勇者や英雄《えいゆう》のように映り、当時の小学生達《たち》の憧《あこが》れの的となっていた。

「海斗《かいと》〜そろそろ勉強しなさい。テレビばっかり見ないの」

「ちょっと待って。これ見たらやるから。葛城隊長が出てるんだって。やっぱりかっこいいなぁ」

「海斗は葛城隊長好きね〜。そういえば葛城隊長ってこの前、海斗の運動会に来てたわね」

「え⁉ うそ、なんで?」

「なんか娘《むすめ》さんが海斗の学校にいるらしいけど」

葛城隊長の娘?

葛城さん?

もしかして葛城春香《かつらぎはるか》?

春香って葛城隊長の娘だったのか?

うそ、やばい。

もしかして、また運動会とかに来るのかな。

おおおおっ！　やる気出てきた。今から走る練習しなきゃ。

つぎも一番取ったら顔と名前憶《おぼ》えてもらえるかも。

それと明日、小学校に行ったら絶対サイン頼《たの》もう。

こうしちゃいられない。今から色紙を買いに行こう。

なんてったって葛城隊長は俺《おれ》のヒーローだから。

俺も大きくなったら絶対葛城隊長みたいにダンジョン探索隊に入って、ダンジョンに潜《もぐ》って、それでみんなのヒーローになるんだ。

第一章 黒い彗星はイケメン？

　俺は今、十四階層を探索している。

　先週浪費《ろうひ》してしまった分を何とか頑張《がんば》って取り返したいので、今日と明日でどうにか距離《きょり》を稼《かせ》ぎたい。

　今日も既《すで》に三回交戦しており、ベルリアの新技も披露《ひろう》済みだ。

　大技《おおわざ》だけあって隙《すき》も多いが、十四階層のモンスター相手でも、一撃《いちげき》で倒《たお》す威力《いりょく》を発揮している。

「ご主人様、奥《おく》に敵モンスターがいますが数が多いです。十体はいます。どうやら他のパーティが交戦中のようです」

「他のパーティが奥にいるって事か？」

「そうです。モンスターと戦っているようです」

「シル、それってどういう状況《じょうきょう》？」

「はっきりとは分かりませんがモンスターの一団に押《お》されていると思われます」

この階層でも一度に出現する敵は三〜五体程度なので、この先にいる敵の数は明らかに多い。

もしかしたら偶発的《ぐうはつてき》に敵の集団二つ以上と同時に出会ってしまったのかもしれない。

探索者パーティの実力が分からないから何とも言えないが、苦戦しているのもうなずける。

ダンジョンは広い上にルートも多岐《たき》に渡《わた》っているので、十階層より奥で他の探索者に会うことはそれほど多くない。

今まで俺が会った事がある探索者でも交戦中だった事は稀《まれ》だ。

以前リア充《じゅう》パーティのアオハルモードを見せつけられて悔《くや》しい思いをしたくらいしか記《き》憶《おく》に無い。

本当に苦戦しているような状況なら助けに行くべきなのだろうが、K‐12のパーティ構成が特殊《とくしゅ》なので躊躇《ちゅうちょ》してしまう。

「みんな、どうする？　助けに行ったほうがいいよな」

「当たり前でしょ」

「行きましょう」

「急いだほうがいいだろう」

メンバーの答えは即決《そっけつ》だった。

悩《なや》んでしまった俺がバカみたいだ。急いで現場へと向かう。

前方の角を曲がると、先行するパーティが敵モンスターに囲まれているのが見えた。

探索者のパーティは男四・女二の六名パーティだが十一体の敵モンスターに完全に囲まれている。

探索者になる時の講習で習ったマナーで、ダンジョン内で先行している探索者が敵と交戦している場合は、基本的に邪魔《じゃま》をしない。もし助ける時には先行者の許可を得てから参戦する事とされていた気がする。

ただ今の状況でそれをする事は得策では無いとしか思えない。

先行のパーティが必死に戦っており、完全にモンスター達の意識はそこに集中しているので、距離のある俺達《おれたち》には全く気がついていない。

「みんな、気付かれないうちに奇襲《きしゅう》をかけて数を減らす方がいいと思う。まず後衛のメンバーで遠距離《えんきょり》攻撃《こうげき》をかける。そのタイミングに合わせてベルリアとあいりさんも突《つ》っ込《こ》んで下さい」

指示を与《あた》えると同時に俺もドラグナーを構えて狙《ねら》いをつける。

『ドゥン』

俺がドラグナーの引き金を引くのが合図となり、直後ミクの火球とヒカリンの『ファイアボルト』が放たれ、少し遅《おく》れてシルの雷撃《らいげき》、ルシェの黒風が着弾《ちゃくだん》した。

「なっ⁉　なに⁉」

完全に虚《きょ》を突いた攻撃《こうげき》で一気に四体の敵を葬《ほうむ》る事に成功したが現場は混乱状態となった。シルの攻撃による爆音《ばくおん》もあり、先行パーティには何が起こったのか理解出来なかったようで、女性陣《じょせいじん》が怯《ひる》んでしまったのだ。

もちろん敵モンスターも攻撃を受けた事は理解した様で、二体はこちらへと向かってきたが、残りの五体は怯んで隙を見せた女性陣目《じょせいじんめ》掛《が》けて一気に襲《おそ》いかかっていった。

「俺達は助けに来たんだ！　持ち堪《こた》えろ！」

混乱を収める為《ため》に大声で呼びかけてから俺も突っ込んで行く。

先行した二人は既に敵と交戦しようとしているが、俺の声で状況を把握《はあく》したと思われる男性陣《だんせいじん》が女性陣とモンスターの間に割って入って攻撃を凌《しの》いでいる。

五対四の構図だったが、すぐにあいりさんとベルリアがフォローに入って五対六になり数の上でも有利になったのでもう大丈夫《だいじょうぶ》だろう。

俺も自分の役目を果たすべくナイトブリンガーの能力を発動する。

俺も気配を薄《うす》めながらモンスターの背後へと忍《しの》び寄り、二体目のモンスターをバルザー

ド で斬《き》り伏《ふ》せる。

あいりさんとベルリアもそれぞれ敵を迎撃《げいげき》して葬ったので、これで残りは四体だ。

あれ？

五体いる？　俺の数え間違《まちが》いか？　十一体のうち七体を倒したので残り四体のはずだが、最初に十二体いたのか？

まあ、それほど大きな問題ではないのでそのままもう一体に向かってドラグナーを放つ。

これで間違いなくあと四体だ。ベルリアとあいりさんも、囲んでいた敵モンスターまで到達《とうたつ》しているのでもう大丈夫だ。

あれ？

やはり五体いる。何でだ？　さすがに今度は二度目なので間違いようが無い。

「そいつら増えるんだ！　倒しても倒しても増える！　気をつけろ！　俺達も十体以上は倒したんだ！」

俺達のフォローで少し余裕《よゆう》の出来た先行パーティの一人が大きな声で知らせてくる。

増えるモンスター？

そんなの聞いた事が無いが、確かにそれなら数が減らない理由も分かる。

見た目は普通《ふつう》のホブゴブリンだが、そのうち三体は皮膚《ひふ》の緑色が濃《こ》いような気もしなくも無い。

この色の濃いのが増殖《ぞうしょく》するのだろうか？

どうする？

ナイトブリンガーの効果が薄れたとしても指示を出すべきか？

それともこのまま押し切ればいけるか？

一瞬《いっしゅん》考えたが、敵の強さはそれほどでもない。俺だけでも既に三体倒せているのでこのままいける気がする。

再度ドラグナーを構えて敵の一体に向けて放つ。

やはりこの浪漫《ろまん》武器は目の前の敵を倒すには十分な威力を備えているようで一撃で葬る事が出来た。

急いで数を確認《かくにん》するが四体に減っている。やはりこのまま押し切れる。

今度はあいりさんと連携《れんけい》をとり、あいりさんが切り結んでいる相手の側面に回り込みバルザードで一閃《いっせん》する。

これであと三体と思ったら、なぜか四体どころか五体敵が存在していた。

「嘘《うそ》だろ……こんなの反則じゃないか」

まさか無限増殖。

押し切れると思ったが、このまま一体ずつ倒していても、相手の増殖のペースを上回る事が出来そうに無い。

特定の個体のみが増殖しているのかどうかも戦いながらでは判断する事も出来ない。

「シル、ルシェ、一気に倒すぞ！　俺達で左二体を倒すから右三体を頼む。ベルリア、あいりさん左の二体を速攻《そっこう》でいきます」

今すぐに思いつく手は一つ。五体をほぼ同時に葬り去り増殖の間を与えない。

そう思い指示を出した時には敵が六体になっていた。

「ミク、ヒカリン真ん中のを頼んだ！」

こうしている間にも増えてしまう可能性がある。速攻で敵との距離を詰《つ》める。

バルザードの一撃は相手の武器によって阻《はば》まれたので、そのまま右手のドラグナーの引き金を引いて敵を消滅《しょうめつ》させる。

隣《となり》ではあいりさんが『アイアンボール』を発動すると同時にベルリアが空を舞《ま》い『アクセルブースト』で敵を斬り裂《さ》いた。

右手ではシル達の攻撃が着弾した音が聞こえているので決まりだろう。

一体敵モンスターが残っているのが目に入ったので即座《そくざ》にドラグナーを放ち殲滅《せんめつ》した。

どうやら戦っている間に七体目が増殖を済ませていたらしい。

これで全部倒した。さすがに無の状態から増殖したら手に負えないので注意深く周囲を窺《うかが》うが、どうやら新たに敵が発生する気配は無い。

「ふ～。終わったみたいだな。みんなお疲《つか》れ様《さま》」

どうにか倒す事が出来たようだが、増殖スキルなんてものがあるとは知らなかった。初めて見たが、完全にチートだ。

反則級のチートスキルだろう。モンスターがそれほど強くなかったからどうにかなったが、あれが強力なモンスターだったらと考えると恐《おそ》ろしい。

俺達に一気に片をつけるだけの火力が備わっていたから撃退《げきたい》する事が出来たが、そうでなければエンドレスで戦い続ける必要があったかもしれない。

それにしてもゴブリンはやはり侮《あなど》れない。

「大丈夫ですか？」

襲われていた先行の六人パーティに声をかける。

「あ、ああ、助かったよ。本当にありがとう。もうダメかと思ったよ。まさかこのタイミングで助けに来てくれるとは夢にも思わなかったから、なんと言っていいか」

「こちらもたまたま通りかかっただけですから気にしないでください。怪我《けが》とか大丈夫ですか？」

「お陰《かげ》さまで、うちのパーティメンバーに大きな怪我は無いよ」

「そうですか。それじゃあ俺達はこれで」

「ちょ、ちょっと待ってくれ、命を救われたのに何もお礼をしないわけにはいかない」

「別にお礼なんかいらないですよ。たまたまなんで」

相手のリーダーっぽい男性が声をかけてくるが俺よりは年上に見える。正直お礼なんかいらないので、早くこの場を去りたい。

ただでさえ目立つパーティ構成なので早く去って無かった事にしてしまいたい。

「いやそういうわけにはいかない。このままじゃ俺達が探索者仲間の笑い者になってしまう。どうしてもお礼をさせてもらいたい」

「う〜ん、お礼と言われてもな〜」

お礼が欲《ほ》しくて助けたわけでもないし困ってしまう。

「それじゃあ、情報をください。さっきの増殖ゴブリンの情報です」

ここでミクが助け舟《ぶね》を出してくれた。確かにあのゴブリンには興味があるし今後出会った時に参考になる情報はあるに越《こ》した事は無い。

「そんなことでいいのか？　情報といっても、俺達もよくわからないんだけど、最初遭遇《そうぐう》した時は三体だったんだ。俺らはもう少しで十五階層まで到達する予定だから、そこそこ十四階層にも慣れてる。普通のホブゴブリンなら敵じゃない。一体倒して気がつくとまた三体になっていて、また一体倒すと今度は四体に増えて。五～六体まではある程度対応できてたんだけど、気がついたら十体を超《こ》えていて、攻撃を防ぐので精一杯《せいいっぱい》だったところを君達に助けられたんだ」

「それじゃあ、特別に変わったところとか無かったんですか？」

「はっきりとはわからないけど、増殖したやつは少しだけ肌《はだ》の色が違う気がする。だけどどうやって増殖したのかはわからないんだ。気がついたら増えてる感じだったから」

その感覚はよくわかる。俺がさっき戦った時もそんな感じで気がついたらそこにいた。

「今までに増殖するモンスターに出会った事はありますか？」

「いや、初めてだ。それに俺らのグループでも、もっと先まで行ってるパーティもいるけど、こんなのは聞いた事が無い」

グループってサークルの事か。

「じゃあ、見分けとかは、ほぼつかないって事ですかね」

「交戦して初めてわかる感じだな」

「そうですか、ありがとうございます。参考になりました。それじゃあこれで」

「いや、ちょっと……」

まだ何か言いたそうにしていたが、相手の無事も確認できているのでもう俺達に出来る事は無いはずだ。

みんなに目配せをして足早に先に進む事にした。

「あの人たち結構食いついて来てたわね」

「まあ、無用なトラブルを避《さ》けるためにもあの場を去ったのは賢明《けんめい》な判断だろう」

「それにしても、増えるゴブリンなんているんですね。初めて見たのです」

「そうだな。あれが一体限定のユニークスキルみたいなものだったらいいんだけど、いろんなモンスターが次から次へと増えたら対応出来ないですね」

恐らく先ほどのパーティは引き返すと思うが、追いつかれても面倒《めんどう》なので先を急ぐ事にする。

まあ、名乗ってもいないし、戦闘《せんとう》でバタバタしていたから俺らの印象もはっきりとは残っていないだろう。

俺らの事が特定されるような事は無いと思うが、出来る事なら俺やメンバーの性格からしてもあまり目立つ行動は慎《つつし》みたい。

まあ今回は、他のパーティを見殺しにするような事は出来ないし、いい事をしたと思うので良しとしておこう。

　そこからの探索は順調に進み、増殖するモンスターにも出会うことはなかった。

　やはりあのゴブリンは特殊個体だったのかもしれない。

　週末に充実《じゅうじつ》したダンジョンライフを過ごし、月曜日いつものように登校すると、挨拶《あいさつ》と同時に隼人《はやと》が話しかけてきた。

「海斗《かいと》、土曜日って何してたんだ？」

「え、土曜日はいつもの通りダンジョンに潜ってたけど、それがどうかしたか？」

「海斗って今何階層に潜ってるんだ？」

「今十四階層だけど」

「やっぱりそうか」

「やっぱりってなんだよ」

「いや、昨日サークルの情報ラインで一気に回ったんだよ」

「なにが？」

　この話し方、この展開、以前もあった気がするが、悪い予感しかしない。

「『黒い彗星』が超絶《ちょうぜつ》イケメンだって」

「ふぁっ!?」

想像の斜《なな》め上、いやはるか上空の言葉に変な声が出てしまった。一体なんの話だ？　俺が超絶イケメンってなんだ？

「海斗、土曜日に襲われてたパーティを助けなかったか？」

「ああ、ホブゴブリンの群れに襲われてた六人組は助けたけど」

「やっぱりか。その人達がサークルのネットワークに事の顛末《てんまつ》を上げてて黒い彗星は超絶イケメンだ！　最高の男だって書き込んでるんだ」

「ちょ、ちょっと待ってくれ。確かに助けはしたけど俺、名乗ってないんだぞ。なんで俺って特定されてるんだよ」

「なんか一目見た時からわかってたみたいだぞ」

「なんで……」

「第一に幼女や幼児を連れた女性中心のリア充パーティだった事。それと海斗の装備。黒い鎧《よろい》に黒いマントですぐにわかったらしい」

「そんな……」

「まあ、俺達のホームダンジョンでその特徴《とくちょう》のパーティって海斗のところくらいだろ」

「……………そうか」

あの時はさっさと切り上げたので身バレするような事は一切《いっさい》無いと思ったのに、一瞬でバレてたなんて複雑だ。

「それで、颯爽《さっそう》と助けてくれたのに、名乗りもせず、お礼をしようとしても受け取らず、風のように去っていったそうだ。やるな～」

「まあ、大体はあってるけど、それがなんで……」

「いや、普通そんな事されたら惚《ほ》れるだろ！」

『そんな大袈裟《おおげさ》な』

「は～海斗、お前の天然は葛城《かつらぎ》さんだけに発動する特殊スキルなのかと思っていたら、そうじゃなかったんだな。カッコよすぎだろ」

こいつら一体何を言ってるんだ？　この話のどこにイケメン要素があるんだ？

「それで、どうなってるんだ？　なんでお前達にまで伝わってるんだよ」

「それが、昨日からグループの掲示板《けいじばん》は黒い彗星ネタで盛り上がってるんだ。今一番ホットな話題だな」

「ホットな話題って。うそだろ……」

「本当だって。やっぱり黒い彗星はひと味違うなとか、そのうち赤い装備に換装《かんそう》するんじゃないかとか。羊の皮をかぶった虎《とら》だったとか。まあとにかく掲示板で超絶イケメンって事になってるんだ」

羊の皮をかぶった虎って何なんだろう。それに赤い装備に換装って……。

ダンジョンで赤い装備って目立って仕方がない。完全にモンスターのターゲットにされてしまう。

それに下手をするとCに触《ふ》れてしまいそうだ。

超絶リア充というガセが出回ったと思ったら今度は超絶イケメン？　どれだけガセが出

回れば気が済むのだろう。やっぱりネット社会って怖《こわ》い。

以前人の噂《うわさ》も七十五日までだろうと楽観視してたけど、どう考えても七十五日でおさま

った気がしない。むしろ悪化した。

それにしても、あのパーティメンバーは一体何を見ていたのだろうか？

六人もいたのに全員が吊《つ》り橋《ばし》効果で俺の顔に超補整《ちょうほせい》が入って見えたのだろうか。

いずれにしても、自他共に認めるモブ顔なのに超絶イケメンなどとあらぬ噂が立つと、

なぜか俺が悪い事をしたかのような罪悪感に似た感情を覚えてしまう。

行った事は無いが、コンパに行く前に散々情報でイケメンだと吹聴《ふいちょう》されていた奴《やつ》が実際

に登場した時にモブ顔だった時の周りのがっかり感。想像するだけで恐ろしい。

「なあ、俺これからどうしたらいいと思う」

「別にどうもしないだろ。事実なんだから堂々としてろよ」

「そうだぞ、超絶リア充で超絶イケメンすごいじゃないか。まあ世の中には雰囲気《ふんいき》イケメンとか行動イケメンとかいるから海斗も十分ありだろ」

いや、どう考えても無しだろ。何か久しぶりにキリキリと胃が痛くなって来た。

言ってる分には面白《おもしろ》いかもしれないが、俺の探索者人生に関わる事のような気がして気が重い。

『海斗は装備イケメン？　いや厨二《ちゅうに》イケメンか』

「厨二イケメンってなに。それってもうイケメンじゃないだろ」

もうよくわからない状態だ。

「赤い海斗か。それはそれで夢があるな。赤い彗……」

「おい！　絶対ないから。俺は訴《うった》えられたくはない」

真司《しんじ》たちとのやり取りに疲れてしまったが、放課後、呼び出しがかかってギルドにやって来ていた。

「日番谷さんこんにちは。あの～、呼び出しって俺何かしましたか？」

「高木《たかぎ》様、今十四階層に潜ってるんですよね」

「そうですけどよく知ってますね」

「ギルドも探索者サークルの情報内容はある程度把握しておりますので『黒い彗星』は超《ちょう》

イケメン説も、もちろん存じております」

「そ、それは」

日番谷さんに面と向かって言われると、とんでも無《な》く恥《は》ずかしい。

全身の体温が一気に上昇《じょうしょう》する。

ううっ、ほんとにやめて欲しい。

「高木様の事は長年存じておりますが、私の想像を超えた成長を遂《と》げられたようですね。超絶リア充『黒い彗星』は超絶イケメン。さすがです」

「お願いです。やめてください。日番谷さんそれ、きついです」

日番谷さんに真顔で言われると精神的ダメージが凄《すさ》まじい。

「十四階層で他のパーティを助けたのは高木さんで間違い無いですね」

「いや僕《ぼく》だけじゃなくてパーティでですけどね」

「そうですか。それで、今売り出し中の高木様のパーティに折り入ってお願いがあります」

別に売り出している訳でもなんでも無いのだが、俺達にお願いってなんだ?

「これはすぐに知れ渡る事なのですが、最近になって十五階層で隠《かく》し部屋が見つかったのです。そこにエリアボスらしきモンスターが出現しまして、すでに何チームかのパーティが挑んで敗れているんです。そこで十五階層以上を探索しているパーティの中からいくつ

かのパーティでチームを組んで頂き、集団戦にて討伐《とうばつ》をお願いしたいんです」

「ちょっと待って下さい。十五階層以上って言いましたよね。俺達まだ十四階層なんですけど」

「この日曜までに踏破《とうは》して下さい。討伐は来週末になりますので」

「日番谷さん、滅茶苦茶《めちゃくちゃ》です。この一週間で十四階層を攻略《こうりゃく》しろなんて。それに何で俺達なんですか？　もっと上位のパーティがいっぱいいるじゃないですか」

「高木様のパーティは本来十四階層のレベルを遥《はる》か超えた戦力であると認識《にんしき》しておりますので適任かと。実際に今回助けられたパーティも絶賛しておりましたし。圧倒的《あっとうてき》だったと」

「それにしてもおかしくないですか？　何かありますよね」

「……はい。実は一応ギルドからの討伐依頼《とうばついらい》という形になりますので報奨金《ほうしょうきん》が出るのですが一パーティあたり百万円となります」

「百万円ですか」

百万と聞くと大金に聞こえるが、俺達は四人パーティなので人数で割ると一人二十五万円だ。一日で終わった場合は日当二十五万と考えると結構なものだが、集団戦を挑むほどの相手に二十五万は安い気もする。おまけに土日の二日かかれば日当は半分になってしまう。

「そうです百万円です。これでも地方のギルドとしては頑張ってるんです。でも十五階層より奥の方達はもっと稼いでいる方も多くて。上位のパーティを雇《やと》う事はほぼ不可能なんです。なので今売り出し中の高木様に是非《ぜひ》お願いしたいのです」

ああ、やっぱり安いんだ。十五階層で真面目に頑張れば危険をそれほど冒《おか》さなくてもそのぐらいは稼げるよな。しかも上位パーティとなると雇う為には桁《けた》が違うのかもしれない。

ただ初めてのレイドバトル、興味がないといえば嘘になる。普段《ふだん》他のパーティと共闘《きょうとう》する機会なんか無いので良い経験になる気がするけど、シルとルシェの事もあるしな。

「高木様、悩まれていますね。報奨金の事でしょうか？　それとも例のサーバントの事でしょうか？」

「まあ、それもありますけど、参加するにしても他のメンバーに確認が必要ですし」

「高木様、サーバントの事は心配ありませんよ。ネットワーク上に結構前から上がっておりますので、既にかなりの数の方の知るところです。密《ひそ》かにファンクラブめいたものもあるとかないとか」

「はい？　ファンクラブってシルとルシェですか？　まさか他の多数の探索者が認識してるって事ですか？」

「それは、そうですよ。高木様も含《ふく》めてK‐12のパーティは既に結構有名ですから。十階層に到達した時点から注目を集めてましたからね」

そんなに前から……。

今まで目立たないように注意してやってきたつもりなのに全部無駄《むだ》だったのか？

衝撃《しょうげき》の事実を知らされこれからの探索に一抹《いちまつ》の不安を覚えたが、日番谷さんとの約束なのでギルドを出てからすぐにみんなへと連絡《れんらく》を取ってみた。

「もしかしてレイドバトル？　やってみたい」

「ギルドイベントか。そうあることでもないしいいんじゃないか」

「特別なドロップがあるかもしれないのです」

相談した結果、みんな初めてのレイドバトルにかなり乗り気なので参加する運びとなった。

問題は俺達がこの週末までに十五階層に到達できるかという事だが、少しでも進む為に平日も十四階層に潜ることになった。

ただし、高校生組は三人共が来週学年末テストを控《ひか》えているので、ミクとヒカリンは今まで通り週末のみ参加となった。

俺は普段通りの生活を送った方が集中出来て良い結果を生んでいるので、いつも通りダンジョンに潜る事にした。もちろん授業は今まで以上に集中して聴《き》いている。

その為、今日はあいりさんと俺そしてサーバント三人の五名体制で潜っているが、前衛の三名がそのままなので大きな問題無く探索が進んでいる。二名の欠員分はシルとルシェに頑張ってもらっているので、収支は著《いちじる》しく低下しているが、今週限定なのでそこは諦《あきら》めている。

「シル姫様《ひめさま》、お疲れではないですか？　よかったらおんぶとかいかがでしょうか？　ルシェ姫様もなにか必要な物とかありませんか？　このベルリアになんなりとお申し付けください」

ベルリアは普段メンバーと共有しているシルとルシェの時間を独占《どくせん》できているので、完全にキャラクターが崩壊《ほうかい》して下僕《げぼく》キャラ化してしまっている。ただ、とにかく嬉《うれ》しそうにしているので俺からは言う事は何も無い。

「ご主人様、前方にモンスター五体です」

「それじゃあさっきと同じでいくから」

今回はシルとルシェにも遠慮《えんりょ》せずにどんどん敵を倒すように指示を出している。

俺は目の前に現れたホブゴブリンの一団を迎《むか》え撃《う》つべく、バルザードの斬撃を飛ばして突っ込んで行く。

ドラグナーであれば一撃でしとめる事も可能だが、少しでも長く潜る為にＭＰの消費が嵩《かさ》まないよう省エネを優先して戦略を練っている。

バルザードの飛ぶ斬撃で手傷を負った相手にとどめをさすべく斬り込んで行くが、念のためにナイトブリンガーの能力を発動させる。

ＭＰの節約を考えれば本当はナイトブリンガーも発動させない方がいいのだが、十四階層のゴブリンたちを前に素の状態で突っ込んで行くのは怖い。いつものように姿を眩《くら》ませながら死角に移動してから確実にしとめる。

この辺りが、自分の小物感とアサシン感を痛感してしまう所だが、これればかりはすぐには変えられそうに無い。

逆にあいりさんとベルリアは正面から正々堂々突っ込んで斬り結《むす》んでいる。

あいりさんは正面から斬り込んで、モンスターと斬り結んでいる間に『アイアンボール』を叩《たた》き込み、ダメージで動きが止まった瞬間《しゅんかん》に斬り伏せる。

初見で至近距離《しきんきょり》からの『アイアンボール』を防ぐ事は、通常のモンスターにはほぼ無理だ。まともに組み合える相手には鉄板ともいえる攻撃パターンになっている。

ベルリアは二刀を使い相手モンスターを完全に手数で上回り秒殺している。

こちらも、この階層に両手に武器を持った敵はいないので二刀使いのベルリアは圧倒的優位性を保っている。

もちろんシルとルシェは一発ずつで相手を瞬殺《しゅんさつ》しているが、ルシェは気分で攻撃魔法《こうげきまほう》を使い分けている。

今は『侵食《しんしょく》の息吹《いぶき》』を使って相手が狂《くる》って溶《と》けてしまった。

流石《さすが》は悪魔《あくま》の所業だが、頼もしい限りだ。

「あいりさん、結構順調ですね。マップを見る限りは土日のどちらかで十五階層まで行けそうですね」

「そうだな。私も最近影《かげ》が薄いから、どうしても今回は張り切ってしまうな」

まだ気にしているのか？　それとも冗談《じょうだん》めかして自虐《じぎゃく》出来るぐらい吹《ふ》っ切れたのだろうか？　残念ながら、あいりさんの難易度の高い振《ふ》りに今の俺の対人スキルではうまく対応する事が出来ないので華麗《かれい》にスルーしておく。

とにかくこの数日で出来るだけ距離を稼いでマッピングを進めておきたい。

そして順調に十五階層を目指していた水曜日の昼休みに、俺は真司から衝撃的《しょうげきてき》な話を聞かされる事となる。

「海斗、話があるんだ」

「なんだよ改まって」

「実はな、俺《おれ》前澤《まえさわ》さんとお付き合いする事になった」

「…………え？　付き合うってあの付き合うだよな？　友達からじゃなかったっけ」

「そう。だから友達から始めて、めでたく付き合う事になった」

「おお～やったな」

なんと真司が前澤さんと付き合うようになったらしい。

真司がこんな感じだから上手《うま》くいくのか心配してたけど嬉しい急展開だ。

「だけどなんで急に付き合う事になったんだ？」

「指輪だよ、指輪。話してただろ。俺も隼人について行ってもらって、お返しに指輪買ったんだよ」

「あれだけ、うだうだ言ってたのに結局買いに行ったのか」

「そう。それで思い切って前澤さんに渡したんだ。そしたら物凄《ものすご》く喜んでくれて、付き合う事になったんだ」

「そうか～。よかったな」

「ああ、だから海斗と隼人には本当に感謝してる」

今までのやり取りを見ていただけに真司がうまくいったのは純粋《じゅんすい》に嬉しい。

遂《つい》に俺達三人の中から彼女《かのじょ》持ちが出たかと思うと感慨《かんがい》もひとしおだ。

ただそれと同時にうらやましい……。

真司が前澤さんに告白してから、まだどれ程《ほど》の時間も経《た》っていない気がする。

「前澤さん、葛城さんが海斗から指輪をもらったの知ってうらやましかったんだって。今までホワイトデーに自分はお菓子《かし》しかもらった事が無かったのに、海斗が葛城さんに指輪をプレゼントしているのを知って軽く衝撃を受けたんだそうだ。そしたら俺《おれ》が前澤さんに指輪を贈《おく》ったもんだから感激してくれて。そのままの流れで付き合う事になったんだ。最後の一押《ひとお》しになったみたいだ。海斗のおかげだよ」

「そうなんだ。よかったな」

ある意味俺がアシストした感じなのか？

俺は真司にアシストしてシュートを決めたのは真司って事か……。

サッカーの試合だとアシストもシュート同様に評価されるんだろうが、恋愛《れんあい》の世界ではシュートを決めた者だけが評価をされる。

「く～っ。俺だけ誰《だれ》もいないんだけどどうすれば良いと思う？　やっぱり紹介《しょうかい》頼《たの》んでくれ！　二人共合コンをセッティングしてもらってくれよ。トリプルデートだよ。カラオケ今から練習しておくから、な！」

「いや、俺も真司に先を越された形だし、合コンなんか行った事ないんだけど」

「あ～、海斗お前は良いんだよ。今のままでも大丈夫だ。クラスの女の子達の間では指輪の事は全員に広がってるんだから」

「なっ！　なんで……」

「そりゃ、葛城さんは言いふらしたりするタイプじゃ無いけど女子高生ネットワークに戸を立てる事は出来ないでしょ。もう既《すで》に伝説というか既成《きせい》事実というか、二人は結婚《けっこん》するんだってもっぱらの噂だぞ」

「け、けっこん？　付き合ってもないのにけっこんって……」

「そりゃあ、ホワイトデーに左手の薬指に指輪を贈ってりゃあな～」

「で、でもな考えてみてくれよ。け、けっこんていうのはな一人では出来ないんだぞ、相手がいないと出来ないんだぞ。わかってるのか？」

「なにを当たり前の事を言ってるんだ。海斗大丈夫《だいじょうぶ》か？」

俺のやらかしからまだどれだけも日が経っていないのに、噂が一人歩きして大きくなってしまっている。

どうすればいいんだ。完全に春香《はるか》に迷惑《めいわく》かけてしまっている。

いつか春香と付き合って将来的にそうなれば最高だとは思うが、今の俺には夢物語にしか思えない。

「は～もういいよ。海斗だから今更《いまさら》だけど今時流行《はや》らないぞ。鈍感《どんかん》系。いやおバカ系か？時代遅れ系？」

「隼人、時代遅れ系って何のことだよ」

「いや気にすんな。今時代は敏感《びんかん》系だ！　俺は時代のウェーブに乗りたいんだ！　HEY合コン～カモ～ン俺はいつでもフリ～だYO　エブリバディOK　孤独《こどく》な俺を見つけてくれYO」

やばい隼人がおかしくなった。春も近いから仕方がないのか？

いずれにしても真司おめでとう。

これから前澤さんに振られない様に一層の努力が求められるのだろう。

これからだぞ。真司頑張《がんば》れ！

そして隼人のおかしなテンションは週末まで戻《もど》らなかったが、俺は土曜日ついに十五階層に到達した。

平日に俺とあいりさんで距離《きょり》を稼《かせ》いだ事が功を奏したようで、全員でアタックした土曜日一日で十五階層まで到達する事が出来た。

十四階層は基本ゴブリンの上位種で占《し》められていたので俺のゴブリンスレイヤー（微《び》）とも相性《あいしょう》が良く、どうにかレイドイベントに間に合った。

初めて足を踏《ふ》み入れる十五階層には残念ながらシャワーは無かった。代わりに小さな売店があったが、値段は五百ミリリットルのミネラルウォーターが大台の千円となっていた。あまりに高額だが、マジックポーチを持っていない探索者《たんさく》にとってはこれでもあってくれた方が助かるのは間違いない。

俺達《おれたち》三人は月曜日からテスト期間に入るので、相談の結果明日は休みにする事となり、このまま少しだけ十五階層を探索する事にした。

「十五階層の情報は持ってる？」

「はい。十五階はゲートがあるので比較的《ひかくてき》情報が集めやすかったのです。ひと言で言うと幻獣《げんじゅう》です」

「幻獣？」

「そうです。結構知られているようなメジャーな幻獣も混じってるみたいなのです」

幻獣か！　敵モンスターとはいえワード的に惹《ひ》かれるものがあるので少しワクワクしてしまう。

「ご主人様、モンスターです。二体だけですがご注意ください」

歩きながら探索を始めて程なく敵モンスターに遭遇した。

十四階層に比べると数が少ないが、初見のモンスターなので油断は禁物だ。

フォーメーションを固めて敵を待ち受けるが十秒程でモンスターが襲《おそ》ってきた。

「シル、一応『鉄壁《てっぺき》の乙女《おとめ》』を頼《たの》む」

「はい、お任せください。皆様《みなさま》なかへ。『鉄壁の乙女』」

「なあ、みんなあれって何？」

「あれは豚《ぶた》じゃないかしら」

「豚だな」

「金色の豚なのです」

幻獣と聞いてワクワクしていたのにあれはいったいなんなんだ？

かなり大きい。牛程もある金色の豚。以前金色のスライムを倒《たお》したが、あれとはまた違《ちが》った感じのゴールドなのでレアモンスターという感じでは無い。

「あれって幻獣？　なのか？」

「まあ、金色の豚ですから、ある意味　幻《まぼろし》の生物ですね」

「幻っていうか、巨大《きょだい》な貯金箱みたいなんだけど」

「倒したら、金銀財宝が出てくるかもしれないわね」

確かに、あの見た目だ。その可能性も捨て切れない。

豚のくせに突《つ》っ込《こ》んで来ない所をみると、それなりに知能は高いのかもしれない。

「それじゃあ、俺からやってみる」

俺はバルザードを構えて左側の黄金豚に向けて斬撃を飛ばしてみるが、見えない刃《やいば》が豚に届いた瞬間金属音が響《ひび》いたものの倒す事は叶《かな》わなかった。

「うそだろ。バルザードの斬撃で無傷？」

「完全に金属音がしたな。あの金色は見せかけでは無く本当に金属で出来ている様だな」

「あんなのでも十五階層のモンスターだから以前のゴーレムの上位豚版なんじゃない？」

金属製のボディを持っているのであれば近接してバルザードで斬《き》り伏《ふ》せるか、至近距離からドラグナーを打ち込めばいけるか？

「海斗、せっかくだからスナッチのスキルを使ってみてもいい？　どうせ今日はこれで終わりでしょ」

「ああ、それじゃあお願いしてみようかな。右側を頼んだ。左側は俺とベルリアで何とかしてみる」

「わかったわ。それじゃあスナッチ行くわよ。『フラッシュボム』よ」

ミクがスナッチの新しいスキル名を告げると同時にスナッチの体が眩《まぶ》しく発光して浮《う》き上がり、そのまま一直線に右の金豚に向かって飛んで行った。飛んで行ったというか俺には大きな光の弾《たま》が高速で放たれたようにしか見えなかったが、光の弾が金豚に触れた瞬間大きな破裂音《はれつおん》がして金豚の胴体《どうたい》には大穴が空き、金豚はそのまま消滅してしまった。

「おおっ！　スナッチ凄《すご》いな。ベルリア俺達も負けてられないぞ」

「マイロードお任せ下さい」

右側の金豚の消滅を確認《かくにん》すると同時に、俺とベルリアは光のサークルを越えて残りの一体を目掛《めが》けて駆《か》けて行く。

距離が縮まると金豚は予想外の速さで俺の眼前から移動して俺の横側に回り込んできた。

「はやっ！」

十五階層の豚はただの金色の豚では無く、素早《すばや》い金色の豚だったようだ。

一瞬《いっしゅん》の動きだったが完全に俺のスピードを凌駕《りょうが》している。

「ベルリア！」

「はっ！」

こんな豚は見た事はないので幻獣には違いないのだろうが俺の思っていた幻獣とはかなり違う。

ただ、巨大な貯金箱の様なふざけた見かけとは異なり十五階層の敵だけあって強い。

横に回り込まれたが、俺の目では追い切れず一瞬消えた様に感じてしまい、すぐには対応する事が出来なかったが、ベルリアが俺との間に割って入り、金豚の突進《とっしん》を食い止めてくれた。

巨体《きょたい》のくせに完全にスピードで俺を上回っている。

俺はすぐにナイトブリンガーの効果を発動して『アサシン』の能力に期待する。

今の所ナイトブリンガーの発動が『アサシン』の能力を引き出すトリガーの様になっているが、本来は別の能力なのでいつか『アサシン』の能力を自由自在に使いこなしたい。

「ベルリア、そのまま留《とど》めておけ！」

俺はその場からドラグナーを構えて発射しようとしたが、俺が狙《ねら》っているのを感知したのか、豚のくせに後方に下がった。

猪突猛進《ちょとつもうしん》と言うぐらいだから改良種の豚も前進しかできないのかと思っていたがどうやらこの金豚は後ろにも下がる事ができる様だ。

俺はそのまま豚を追いかける。今度は『アサシン』の効果も発揮されているのか視界から豚が消える事は無くしっかりと捕捉《ほそく》出来ている。

「ベルリア、挟《はさ》むぞ！」

「わかりました」

俺とベルリアは左右に分かれて挟みうちにしようとするがこれが良く無かった。

ベルリアが追い立てた右とは逆方向の左側、つまり俺が挟み込もうとしていた方に迷う事なく全速力で向かって来てしまった。

俺を狙っているわけでは無く、何も無い空間に全速力で逃《に》げているだけなのが見て取れるが、スローモーションの様に正面から巨大な金の豚が迫《せま》って来る。

あ……。

俺ダメかも……。

スローモーションで金豚が迫って来る視覚とは別に超高速《ちょうこうそく》で脳裏《のうり》に春香、両親、パーティメンバー、そして真司と隼人の事が浮かんできた。

これって走馬灯だよなと冷静に考えながら、俺は吹き飛ばされてしまった。

以前にも飛ばされた事があったが、その時を超える衝撃が全身を駆け巡《めぐ》る。

「ぐはあっ」

痛みを感じながら、俺の人生は金の豚に撥《は》ね飛ばされて終わるのか。それともラノベのようにこのまま異世界転生しないのかな～などとバカな事を考えながら宙を舞《ま》っている。

金豚も何かにぶつかった感はある様で動きが止まったのが視界に入る。

『ご主人様～～！　豚の分際でご主人様になんて事を！『神の雷撃《らいげき》』』

俺は随分《ずいぶん》と長い時間宙を舞っていたのだろう。飛んでいる間にシルの声が聞こえてきて金豚は跡形《あとかた》なく消えてしまった。

「がはああっ」

その直後地面に叩きつけられて、再び痛みが襲って来た。

痛い。痛すぎる。全身が千切れそうに痛い。

だけど、俺はまだ生きているようだ。

どうやら走馬灯というものは死ぬ時以外にも見る事があるらしい。

よかった。また春香に会える。

ただ死ぬ程全身が痛い。

「ご主人様～！　ご無事ですか～！」

「おい海斗～！　死ぬな！　呪《のろ》うぞ！　殺すぞ！　燃やすぞ～！」

サーバントの二人が非常に騒《さわ》がしい。

特にルシェ、燃やされたら本当に死んじゃう。

「あ、ああ、大丈夫《だいじょうぶ》だ。いや大丈夫じゃないけど生きてる」

「ああ、よかった」

「なんだ、しぶといな」

ルシェはいつも通りだが、完全にかける言葉を間違《まちが》ってるぞ！

「ベルリア、ご主人様の治療《ちりょう》をお願い」

「かしこまりました。すぐに治しますのでお待ち下さい。『ダークキュア』」

ベルリアの魔法《まほう》の発動と共に全身の痛みが引いていく。

かなり激しく飛ばされたはずだが、意識を失ってもいないのでナイトブリンガーとレベルアップしたステータスのお陰《かげ》で自分の耐久力《たいきゅうりょく》が思っていた以上に上がっているのを実感する結果となった。

それにしてもナイトブリンガーと『アサシン』の効果で気配を消してしまう事にこんな弊害《へいがい》があるとは思いもしなかった。

消えてる事で逆にモンスターから遠慮無くぶつかられる事があるとは。

予測できないモンスターの行動に反応が遅《おく》れてしまった。

「海斗大丈夫だった？　思いっきり飛んでいってたけど」

「まあなんとか」

「本当に海斗さんが飛ぶ時はアニメみたいに飛んでいきますよね。もしかしたら人類って飛べるのかもと思わせてくれるのです」

「もしかしたら身体が飛び慣れてきているのかもしれないな」

好きな事を言ってくれるが、やはり十五階層の敵は強い。見かけは大きな貯金箱だったが強かった。

期待とともに金豚の消えた跡《あと》を見てみたが変わらず普通《ふつう》の魔核《まかく》が落ちているだけだった。

流石にお金がざっくざくとはいかなかった。

そのまましばらくその場に座《すわ》り込んでいると身体の痛みがほぼ癒《い》えた。

「それじゃあ今日はこれで引き上げようか。俺明日ギルドに行って正式に依頼《いらい》を受けとくよ」

俺達はそのまま十五階層の入り口まで引き返してゲートで地上まで戻って解散した。

第二章 レイドバトル

翌日俺は朝からギルドに向かった。

ベルリアのスキルの効果は素晴《すば》らしく朝起きると身体の痛みは完全になくなっていた。

「おはようございます。約束通り昨日十五階層に到達《とうたつ》したので、正式に依頼を受けさせてもらいます」

「流石ですね。今回の依頼ですが高木様《たかぎ》のパーティを入れて全部で五組での集団戦となります」

「五組ですか」

五組と言う事は単純計算でも三十人での戦闘《せんとう》となる。ダンジョンの中で三十人が同時に戦う事をイメージしてみるが、大乱戦というか連携《れんけい》の取りようがない気がする。

「今週末の予定ですが、万全《ばんぜん》を期して二日がかりで行います。まず土曜日は隠しダンジョンの扉の前まで五パーティでお互《たが》いの連携を深めながら潜《もぐ》って頂き、日曜日にエリアボスにアタックして頂きます。ちなみにドロップアイテムにつきましてはギルドによる買取の上で五パーティに均等配分させて頂きます」

「それで、エリアボスの情報なんですが」

「それなのですがエリアボスは……」

日番谷《ひつがや》さんからエリアボスの情報を聞いてギルドがパーティを集めた理由が分かった。

俺達も舐《な》めてかかると痛い目を見そうなので、他の有力パーティの陰でしっかり頑張っていきたい。

ギルドでの用が済んだので、待ち合わせしている春香《はるか》のもとへと向かう。

明日からの学年末テストを前に急遽《きゆうきよ》春香から連絡が入り、嬉しいことに一緒《いっしょ》に勉強する事になったのだ。

しかも話の流れで勉強する場所は春香の家になってしまった。

小学生の頃《ころ》一緒《いっしょ》に遊んだ記憶《きおく》はあるが、家に行った記憶は無いので、おそらく人生初の春香のお宅訪問だ。

俺は既に緊張《きんちよう》して手汗《てあせ》が酷《ひど》い。

駅前に行くと春香が待ってくれていたので、そのまま一緒に春香の家まで向かう事となった。

「今日、俺家に行っても大丈夫だったのかな」

「うん、もちろんだよ。ママも楽しみに待ってるって」

「えっ」

日曜日なのだから当たり前と言えば当たり前だがおばさんもいるのか。しかも楽しみにしてるって言ってくれてるけど何か粗相《そそう》をしてしまいそうで不安になって来る。

しばらく歩くと程なくして春香の家に着いた。

同じ小学校区内なので思いの外俺の家に近く、可愛《かわい》い洋風な家だった。

「それじゃあ入って」

「お邪魔《じゃま》します」

春香に連れられて一階のリビングにお邪魔すると、そこには春香のママが椅子《いす》に座っていた。

「あ、あのっ、お邪魔します。春香さんのクラスメイトの高木海斗《かいと》ですっ！」

「あら海斗くんいらっしゃい。この前お母さんとは偶然《ぐうぜん》会ってお話ししたのよ」

「はいっ、伺《うかが》っています」

「春香からも聞いたけどダンジョンに潜ってるのね」

「はい」

「海斗くんもあの人と会ったことあったわよね」

「あ、はい」

「絶対に無理しちゃだめよ。ダンジョンは怖《こわ》いところだから」

「大丈夫です。仲間もいますしそんな無茶《むちゃ》はしません」

「それならいいけど、あの人みたいに万一ってこともあるから。もうダンジョンのことで春香を悲しませないでね」

「もちろんです。それは約束します」

「ふふっ、会わない間にすっかり大人になっちゃったのね。お願いね」

「はい」

「そう言えば海斗くん、この前の写真見せてもらったわよ」

「写真ですか？」

「春香を撮《と》った写真よ。本当によく撮れていたわ」

「あ、ああっ、あれですか、ありがとうございます」

恥ずかしい。あれを見られたのか。無心でいっぱいシャッターを切ったからかなりの枚数あったはずだけど。

「ううん、こちらこそありがとう。それより春香から海斗くんは探索者をしながら王華学院を受験するって聞いたけど」

「はい、その通りです」

「ふ～ん。春香も王華志望なのよね～」

「はい、存じ上げてます」

「若いっていいわね～。小学校からずっと一緒なんてロマンがあるわね」

「はい、必ず受かって見せます」

「そう、頑張ってね。春香も楽しみにしてるから」

「ママ！」

「はいはい。でも本当にダンジョンはそこそこにね」

「はい！　ありがとうございます」

挨拶《あいさつ》もそこそこに二階の春香の部屋に案内された。

当たり前だがそこには俺の部屋とは全く違う女の子の部屋が広がっていた。

広さはほぼ変わらないと思うが、まず色が全く違う。パステルカラーを基調としていて、小物も俺の部屋にはないものばかりだ。

俺の部屋も別に臭《くさ》い訳ではないが、春香の部屋はいい匂《にお》いがする。

「それじゃあ勉強始めようか」

そう春香に切り出されて我に返ったが、春香の部屋には勉強をするための机が一つしか無い。

部屋に机が一つ。至って普通の事だが、机は一つしかないのに椅子は二つ並んでいる。

まさかこれは、一つの机に並んで勉強するというシチュエーション！

「ここに座ってね。それじゃあ、明日の試験科目から勉強しよっか」

「あ、うん」

明日の試験は古典と英語だったよな。

言われるままに椅子に座って教科書を開くが、距離が近い。

学校の机で隣同士《となりどうし》になるよりも遥かに距離が近い。

「まず、テストに出そうな所から問題を出してみるね」

「お願いします」

最近は俺も成績が上向きだが春香の方が優秀《ゆうしゅう》なのでおまかせしてみるが、近い。

「え～っと、これはね～……海斗聞いてる？」

「えっ、ああ、もちろん聞いてるよ」

「それならいいけど、多分これ出ると思うよ」

「あっ、出るの？　もう一度お願いします」

テストに懸《か》ける想《おも》いはあるのだが、春香との距離感が気になってしまいボ～ッとしてし

まった。

あ～シャンプーのいい匂いがする。これは薔薇《ばら》の薫《かお》りだろうか。

やばい、俺変態っぽい。

薫りに気を取られていると春香から集中する様に注意を受け、気合いを入れ直した俺は一心不乱に春香と勉強をこなしていった。

丁度一時間半経過した時に、

「コン、コン。入るわね～」

ドアをノックする音と共に春香のママの声がして、そのまま部屋に入ってきた。

「二人共集中して勉強してたみたいだから疲《つか》れたでしょ？　お茶とお菓子をどうぞ」

「はいっ、ありがとうございます。いただきます」

どうやら気を使ってお茶を持って来てくれた様だ。

「海斗くんはどうして王華を受けようと思ったの？」

「いや、それはいい学校だな～と思って」

「ふ～ん、海斗くんのお母さんからは、少し前に突然《とつぜん》志望したって聞いたんだけど」

「そうなんです。突然思い立って」

「そうなのね～。春よね～」

「はい」

「そういえばこの前春香に指輪をプレゼントしてくれたみたいでありがとうね～。素敵《すてき》な指輪だったわ。春香も帰って来てからはしゃいじゃって」

「ママ！」

「はい。贈らせていただきました。ご迷惑ではなかったでしょうか」

「迷惑なわけ無いじゃない。センスの良い指輪で春香が羨ましいわ～」

「はい。ありがとうございます」

「それじゃあ、ゆっくりして行ってね」

「はい、ありがとうございます」

完全にテンパってしまって自分でも受け答えがおかしいのが分かるが、もうどうしようも無い。

お茶を飲みながらお菓子を食べて勉強を再開するが、今度は下の階にいる春香のママの事が気になってしまい集中力散漫《さんまん》となり再び春香から注意を受けてしまった。

気合を入れ直し十三時まで勉強すると再びノックする音と共に春香のママが現れ、

「お腹《なか》すいたでしょ、下で一緒にお昼にしましょうか」

言われてみれば確かにお昼ご飯を食べる時間ではあるが、下で一緒にか。そうなるよな。

た。

「はい！　ありがとうございます」

一階に下りてみると昼とは思えない豪華《ごうか》な食事が並んでおり、早速《さっそく》いただくこととなった。

「それじゃあ、いただきましょうか」

春香のママの声で食べ始めたが、料理は非常に美味《おい》しい。間違いなく美味しいのだが、春香のママと三人での食事は緊張してしまう。俺以外の二人はリラックスして和《なご》やかな感じだが、俺にとってこんなに緊張感のある昼食は人生で初めてだ。

「本当においしいです。はい」

俺は今までの人生には無い新感覚の昼食を終えて春香の部屋で勉強を再開した。

美味しい食事を終えてこれから集中して勉強したいのだが、既に疲労《ひろう》はピークに達している。

この感じは一日中ダンジョンに潜っていた時の疲労感に近い。

「はい、集中！」

「あ、ああ」

いや、明日はテスト本番なので頑張るしか無い。

その後も春香と問題を出し合いながら夕方に勉強会を終えて帰宅した。

家に帰ってからも直前の詰《つ》め込みを敢行《かんこう》したが、やはり自分の部屋の方が集中出来る。春香と勉強すると楽しいけど色々と勉強以外を意識してしまう。

翌朝、いつも通り家を出てテスト本番に臨《のぞ》む。

一時間目は英語だ。

英語は残念ながら苦手な部類に入るので、まずこれを上手く乗り切りたい。

問題を解いていくうちに、何問か見覚えのある問題が交じっている事に気がついた。

春香が昨日出るよと言って問題を出してくれたところがそのまま出ている。

なぜ春香には出る問題の予測が出来ていたのか分からないが、春香に感謝しつつスムーズに解いていった。

集中力散漫になりながらも勉強した昨日の成果が確実に出ている。

その後、他の教科のテストも受け無事に初日のスケジュールをクリアする事が出来た。

「海斗、テストどうだった？」

「ああ、結構出来たと思うけど」

「俺も山が当たってかなりいい感じだと思う」

「真司《しんじ》はどうだった？」

「俺も前澤《まえさわ》さんと一緒に勉強したからいつもよりは出来たと思う」

どうやら手応えがあったのは俺だけではない様なので、残りの教科も頑張らないといけない。

帰りの支度《したく》をしていると今度は春香が声をかけて来た。

「海斗、どうだった？」

「うん、春香のおかげでいつもより出来た気がする」

「そう、よかった。それじゃあ今日も一緒に勉強する？」

「はい、是非《ぜひ》。よろしくお願いします」

二日続けて春香と勉強できるなんて幸運すぎる。

「それじゃあ、私の家でいいかな？」

「あ、ああ～」

「今日は海斗の家にする？」

「あ、じゃあそれでお願いします」

春香と勉強するのはうれしいが、春香の家で勉強するには体力と精神力が必要になってしまう。明日のテストを迎《むか》える前に燃《も》え尽《つ》きてしまいそうなので俺の家だとありがたい。

春香と一緒に家に帰って、すぐに勉強するつもりだったのに案の定母親に捕《つか》まってしまった。

「あら～春香ちゃんじゃない。一緒に勉強するの、あ～そう。ゆっくりしていってね」

「はい、ありがとうございます」

「海斗が迷惑かけてない？　大丈夫？」

「はい、大丈夫です」

「いつでも来てくれていいからね」

「ありがとうございます」

長くなりそうだったので遮《さえぎ》って、春香を自分の部屋に連れて行く。

ここで気がついてしまったが俺の部屋にも机は勉強机が一つしかなかった。

他に術《すべ》がないので昨日と同じ様に椅子を持って来て勉強を始めたが、やはり距離が近いので集中が乱される。

地上では残念ながら『アサシン』のスキルが作動する事は無くただのモブでしかないのが辛い。

それでも雑念を払《はら》って勉強に集中していると今度はノックの音がして母親が現れた。

「仲良く勉強して偉《えら》いわね。お菓子とお茶持って来たから食べてね」

「はい、ありがとうございます」

「春香ちゃんは、本当に久しぶりね～。大人っぽくなったわね～。海斗をよろしくね」

「はい、こちらこそ」

「それで、最近どうなの?」

「もういいだろ、勉強の邪魔になるから」

「はい、はい」

やはり母親は油断ならない。お茶を持ってくる以外の意図があったのは間違い無《な》い。難敵を退けて、お茶を飲んでから再び試験勉強に臨むが、やはり春香の勉強法は参考になる。

ポイントをつかんでいる感じで分かりやすい。さすがは春香だ。

一時間程度勉強を続けたところで再びノックする音が聞こえてまた母親が入ってきた。

「ケーキを買って来たから食べてね。実はこの前二人がデートしてるのを見かけたのよね～。仲良くしてくれてるみたいでありがとうね～」

「いえ、こちらこそありがとうございます」

「よかったら今度」

「もういいだろ、勉強の邪魔だって」

「はい、はい」

油断も隙《すき》もない。ケーキなんか家ではこの一年食べたことがないのでさっき買って来たのだろう。

久しぶりに家で食べたケーキは美味しかったが、完全に集中力を乱されてしまった。

それでも春香のサポートもあり、どうにか学年末テストを乗り切ることが出来た。

今回は、自信ありだ。春香のおかげでいつもより手応えを感じたので、成績表が楽しみだ。

「あ～終わった～。後は終業式だけだな」

「この結果でクラスが変わるかもしれない。前澤《まえさわ》さんとまた同じだといいな」

「のろけるな。俺《おれ》はとにかく可愛い女の子と同じクラスになれる事を切に願っている」

「あ～クラス替《が》えがあるのか。俺今回結構自信ありだからクラス変わるかも」

「いや俺だって自信ある」

三年生で春香と違うクラスになるのは辛い。春香は恐《おそ》らく今よりももっと上位のクラスに行くだろう。後は俺の問題だ。一年生の時よりは確実に成績が上がっていると思うが、春香と同じクラスになれるだろうか？

今が四組なので、来年度春香は確実に一～三組になると思うので俺もそれを狙いたいが、同じクラスになれる確率は三分の一だ。良すぎても悪すぎてもダメだ。春香と同程度に良くないといけない。

もうこれは神様に祈《いの》るしかない。お正月に引いた末吉《すえきち》とは年度末に吉《きち》が来ると言う意味に違いない。是非ともおみくじパワーをここで発揮して栄光を掴《つか》み取りたい。

「海斗、テストどうだった？」

「ああ、春香のおかげで結構いけたと思う」

「そう。また同じクラスだといいね」

「う、うん。そうだね」

春香の笑顔《えがお》が眩しい。春を迎える季節にぴったりの爽《さわ》やかな笑顔だ。出来る事なら、いやどうしてもこの笑顔をあと一年同じ教室で見ていたいので末吉様に祈るしかない。

とにかく学校での一大イベントは終了《しゅうりょう》した。残るは明日からのダンジョンでのレイドイベントだ。

ただこの一週間ダンジョンに潜っていなかったので、今日一日で出来る限りの魔核を集めなければならない。

可能であれば土日に活動する必要分を集めてしまいたい。

放課後に春香達《たち》に誘《さそ》われたが、断腸の思いで断りを入れて俺は一階層に潜った。

春香達との楽しい時間を犠牲《ぎせい》にしてまで潜ったのだから今日はとにかく結果だ。結果を追い求めるしかない。

スライム退治は普段俺《ふだんおれ》一人でとどめをさしていたが今日はベルリアにも手伝ってもらい、いつも以上にスピードと効率を追い求めて魔核を集めている。

俺が殺虫剤《さっちゅうざい》ブレスでダメージを与《あた》えている間にベルリアがとどめをさしていく。

この連携攻撃《れんけいこうげき》で俺が一人で倒していた時の半分程度の時間で倒すことが出来ているが、残念なことにスライムと遭遇《そうぐう》するペースはそれほど変わっていない。

「海斗、何か良いことでもあったのか？」

「え!?　何が？」

「今週わたしたちは喚《よ》ばれなかったけど、その間に何があったのか？」

「何ってテストだよ。大事な学年末テスト」

「テストね～。それ以外に何かあったんじゃないのか？」

「いや、何もないよ。真面目にテスト勉強に勤《いそ》しんでいただけだけど」

「春香……だろ」

「え!?　何を言ってるんだよ。勉強してただけだって。そもそも明日のことで頭がいっぱいだし」

「ふ～ん」

「ご主人様、私たちに隠《かく》し事《ごと》は無いですよね」

「あ、ああ。本当に真面目に勉強していただけだ」

「そうですか……」

サーバント二人の追及に俺は何も悪い事をしたわけでも無いのに、何か判決を待つ罪人のような気分にさせられてしまう。

「やっぱり春香だな。海斗の奴《やつ》、バレてないとでも思ってんのか最近浮かれて調子に乗ってるな」

「そうですね。今回のは私から見てもすぐに分かりました。私達も負けていられませんね。やはりご主人様は大人の女性がいいのでしょうか?」

「その割にわたしが『暴食の美姫《びき》』で大人の姿になっても、そんなに反応しなかったからな。小さくてもいけると思うぞ」

「そうですね。私たちの努力が足りないのかもしれませんね」

またいつものように俺がスライムと戦っている間にこそこそやっている。

気にはなるが触《ふ》れない方が良いと俺の本能が告げているので当然スルーしておく。

ひたすらスライムに向かい合いどうにか最低限の魔核を工面してイベント当日を迎えることが出来た。

この二日間でエリアボスを攻略《こうりゃく》すべくギルドにイベント参加者が集合している。

当初五パーティとの事だったが一パーティ増えて六パーティでのアタックとなった。

よく見ると十四階層で襲《おそ》われていたパーティも参加していた。

確かもう少しで十五階層に到達すると言っていたので、俺達《おれたち》同様直前で十五階層まで到達して急遽参加する事になったのかもしれない。

俺的には変な噂《うわさ》を流した張本人達なのであまり関わり合いを持ちたくは無い。

「おおっ、この前はどうもありがとうございました。『黒い彗星《すいせい》』さんですよね」

「いえ違《ちが》います」

「いや絶対そうですよね。『黒い彗星』さん」

「いえ高木です」

「『黒い彗星』さんは高木さんと言うんですね」

しまった。本名を知られてしまった。

「『黒い彗星』さんのパーティもやっぱり参加してたんですね。俺達すっかり『黒い彗星』さんのパーティのファンになっちゃって」

ファン？　何かの冗談《じょうだん》か？　しかもこの人こんなキャラじゃなかった気がするけど、他のメンバーも何やら熱い眼差《まなざ》しでこちらを見ている気がする。

「お互いに頑張《がんば》りましょう」

「はい！」

う〜ん微妙《びみょう》な感じだ。

「なあ、なんか変じゃないか？」

「まあファンだそうだから仕方がないんじゃない？」

「ファンって冗談だろ。なんかやり辛いな」

「『黒い彗星』さんの宿命じゃないかしら」

「やめてくれ。背筋がゾワゾワしてくるよ」

他の四パーティにも目をやるが、どのパーティも俺達よりも平均年齢《ねんれい》は高そうに見える。

まあ十五階層まで到達したパーティであれば専業でもいけると思うので自《おの》ずと年齢も高くなるのだろう。

「それでは今から全てのパーティで十五階層に向かっていただきます。集団の状態を保ったままで目的の扉迄《とびらまで》行っていただいてから、今日はそのまま戻《もど》って来て下さい。くれぐれも単独で進む事の無いようにお願いします」

俺達は誘導《ゆうどう》されるままダンジョンに入りゲートで十五階層に向かった。

情報によると目的の扉はダンジョンの三分の一程度進んだ付近にあるそうなので、そこまでは既《すで》に十五階層を踏破《とうは》している四パーティが先導する事となった。

ただ今回参加したパーティでこの規模の集団戦を経験した事のある者はおらず、初めはそろって移動する事すらままならなかった。

まず、問題となったのが、ただの移動だ。三十五名を超《こ》える集団が周囲に気を配りながらスムーズに進む事は困難を極《きわ》めた。集団で固まると歩調も違えば、他のパーティとはコミュニケーションもろくに取れていないので連携も取れず、この場をモンスターに襲われたら一網打尽《いちもうだじん》にされてしまいそうだった。

結局パーティリーダー達で相談をして、パーティ単位で間隔《かんかく》を空けながら進む事になった。

先頭については四パーティがローテーションで担当することとなった。

自《おの》ずと俺達ともう一つのパーティが殿《しんがり》を務めることになったが、一応後方からのバックアタックもあり得るので気を抜《ぬ》く事は出来なかった。

「すごい視線を感じるんだけど、気のせいじゃないよな」

「そうですね。後方のパーティに見られてますすね」

「そうだよな。違う心労で倒《たお》れそうだよ」

「有名人あるあるですね」

「俺、別に有名人でもなんでもないんだけど」

「まあいいじゃないか。それにしても後方は暇《ひま》だな。前方ではそれなりに交戦しているようだが、私達が出る幕は無いようだ」

「そうですね。せいぜい前から二パーティいれば用足りてる感じですね」

現在の俺たちは五番目を進んでいるので一番前のパーティとは百五十メートル程離《ほどはな》れており遠目に戦闘を見てるだけで終わってしまっている。

まあ同じぐらいのレベル帯の他のパーティ戦を見る機会もあまり無いので、見て勉強させてもらっているが、やっぱり暇だ。

「勉強にはなるけどこれって良いのか？」

「まあ良いんじゃない。私達は十五階層初心者なんだから三分の一までオートマッピングされるようなものじゃない。それに次来る時の参考になるし」

「俺あんまり他のパーティの戦闘って見た事なかったんだけど、見る限り放出系の魔法を使ってる人って少なくないか？　思った以上に物理的な武器を使ってる人が多いな」

「まあ、うちは例外だが、有用な放出系魔法スキルは珍《めずら》しいという事だろう。逆に見ていると分かるが、付与《ふよ》と言うか武器に威力《いりょく》を乗せるようなブースト系のスキルを多用しているパーティが多いように見えるな」

さすがは、あいりさんよく見ている。言われてみると、弓系の武器にしても命中率が高いし、威力も高い気がするので何かの補正がかかっているのかもしれない。

ベルリアの『アクセルブースト』やあいりさんの『斬鉄撃』に似たスキルなのだろう。

「でも見る限り『ドラグナー』っぽい武器を使っている人もいないですね」

「まあ、空を飛ぶモンスターには遠距離《えんきょり》用の武器は必須《ひっす》だろうが、そうでは無い敵に魔核《まかく》銃《じゅう》の類を使用するのはハイコスト過ぎるからな。この階層では、あまり使用する機会はないんだろう」

「そうね。スライムの魔核を毎週の様に何百個も集めて来れる人も限られてるし」

これは、褒《ほ》められているのか？　いや、おそらく馬鹿にされてるんだな……。

でも俺は生粋《きっすい》のスライムスレイヤーなんだよ。スライム狩《が》りに誇《ほこ》りを持っているんだ！

見る限り武器はそれぞれ良いものを使っているようでほとんどの探索者《たんさくしゃ》が魔剣《まけん》かそれに類する武器を使っているように見える。

片腕《かたうで》に固定した小型のボウガンのようなものを使っている人もいるが、ブーストを使用しているにしても威力が高すぎる気がするのであれも魔法付与《まほうふよ》されたマジックアイテムなのだろうと推察される。

敵モンスターも先日俺達が交戦した金豚《ぶた》の他に銀豚そしてケンタウロスっぽい下半身が

獣《けもの》で上半身が人型のモンスターが出て来た。このモンスターは上半身男のモンスターしか出て来ないようだ。

少し残念な気もするが、上半身女性だと気が咎《とが》めるし、他のメンバーを前にどう反応して良いか判断が鈍《にぶ》りそうなので、これはこれで良かったのかもしれない。

ユニコーンのような角の生えた大型の馬も現れたが、思ってたのとは違い、獣っぽさが強く可愛くも美しくも無い。

今のところ幻獣《げんじゅう》っぽいのが何種類か出て来てはいるが、どれもゲームとかのイメージの幻獣とは異なっている気がする。やはり人は、憧《あこが》れる物に対しては美化するきらいがあるのかもしれない。

ぼ〜っと考察しながら歩いているとシルからモンスター襲来《しゅうらい》の知らせがあった。

「ご主人様、後方からモンスターです。ご準備お願いします」

おおっ、今日初めての戦闘だ！　俺達は後方から二番目なので、最後尾《さいこうび》の例のパーティをサポートする形で臨む。

「みんな、後ろのパーティが直接当たるだろうから俺達は、遠距離《えんきょり》攻撃《こうげき》中心にサポートしようか。相手の動き方が分からないから、誤射だけはしないようにいこう」

そういえば最近になって知った事だが、このぐらいの階層まで来ている殆《ほとん》どのパーティは感知石と言うレーダーの役割を果たすマジックアイテムを持っているらしい。

金額が八桁《けた》らしいので下位の探索者では無縁《むえん》のものらしいが、一定の距離《きょり》までモンスターに近づくと石が光るらしい。

以前の階層で魚探を使用したので、レーダー的な物もあるのかと思っていたが水場以外では磁場が関係するのか分からないが上手《うま》く作動しない事が多く故障も多いので最終的には探知石に落ち着くのだそうだ。

ただし、シルのように詳《くわ》しい距離や数が分かる訳では無い様なので俺は本当に恵《めぐ》まれている。

シルにはいつも感謝しかない。

シルの知らせから程《ほど》なく最後方のパーティが交戦状態にはいった。

戦っている敵はその見た目からグリフォンかと思ったが、ひと回り小さいらしくミクによると下級グリフォンと呼ばれるモンスターらしい。

それが三体上空から襲ってきている。

前回は殆ど彼《かれ》らの戦いぶりを見る事は無かったが、男性四名が女性二名の前に立ち応戦している。女性二人のうち一名が補助魔法《まほう》を使っている様に見える。もう一名は回復役だろうか直接戦闘に関わっている様には見えない。

実質、攻撃力《こうげきりょく》を持つ戦力は四名なのだろう。

前回数に押《お》し切られたのも若干攻撃《じゃっかんこうげき》の数が足りなかったせいなのかもしれないが、そのうち一名は中衛で弓を使って攻撃《こうげき》している。

ボウガンではなく西洋風のエルフが使っている様なイメージの弓だ。

俺達のパーティには弓を使っているメンバーはいないので特に目を引くが、よく見ると矢が無い。

確かに弓の弦《つる》の部分を引いて放つ動作を行なっているが、手元に矢らしき物は見当たらない。

完全にマジックアイテムだろう。空を飛ぶ下級グリフォンに一番ダメージを与えているのはこの人の攻撃だ。

彼らが交戦している事で下級グリフォンの動きはかなり制限されており俺達からは格好の的となっている。

「それじゃあ、みんないくよ！」

シルとルシェとスナッチは巻き込《こ》みが怖いので控《ひか》えさせ残りの四人で一斉《いっせい》に攻撃する。

俺は一番近くまで来ている個体を目掛《めが》けて『ドラグナー』を放つ。

青い閃光《せんこう》が走り下級グリフォンを捕《と》らえた。

当たりどころの問題か消滅《しょうめつ》までは至らなかったが、ふらふらと墜落《ついらく》したところを交戦していたパーティの男性陣《だんせいじん》がすぐにとどめをさした。

残りの二体も同様に手傷を負って墜落し、そのままとどめをさされて消失してしまった。

敵の攻撃を完全に受け持ってもらってから不意打ちの様な形だったので思った以上に簡単に倒す事が出来た。

「ありがとうございます！　さすがですね。皆《みな》さん魔法を使えるんですね。いや～すごいな～」

「いや、こちらこそ余計な事だったかもしれないです」

「うちのパーティはどっちかというと近接を得意としてるんで助かりました。高木さんの武器カッコいいですね。そんな武器初めて見ましたよ。ドロップですか？」

「いや、そういう訳では……。あの、おいていかれない様に進みましょうか」

このパーティとはちょっと絡《から》み辛い。馬鹿にした感じも悪意も無いのは分かるが、俺達に対して超補整《ちょうほせい》が利き過ぎて変な感じに見られている気がして仕方が無い。

そもそも、さっきの戦闘《せんとう》で魔法を使ったのは二人で後は魔法銃《まほうじゅう》での攻撃なのだが説明するとめんどくさそうなので黙《だま》っておこう。

「おいっ、今の見たか」

「ああ凄《すご》かったな。見た目があんなだから眉唾《まゆつば》かと思ってたけど、噂は本当みたいだな」

「ああ、確かに偉ぶる所もないし腕《うで》も確かっぽいな」

「しかも、三人の女の子も全員攻撃に参加してたな」

「ああ、あの子達あの可愛さで反則級だな。『黒い彗星』の取り巻きなのかと思ったらそうじゃないらしい」

「しかも噂のサーバントは一切《いっさい》参加せずか。余裕《よゆう》だな」

「高火力の遠距離型チームか？」

「いや、噂によると『黒い彗星』は近接らしいぞ」

「まじかよ。さすが彗星」

なぜか一つ前を行くパーティから視線を強く感じる。

特に変な動きをしたつもりも無いが、もしかして横取りしたとでも思われたのだろうか？

やはり複数のパーティでやっているのでいつもの様にはいかない。

他のパーティの迷惑《めいわく》にならない様に気をつけながらやる必要があるな。

あまり悪目立ちして目をつけられても嫌《いや》なので極力目立たない様に目的地まで早く辿《たど》り着けるといいな。

今度はローテーションで入れ替《か》わり俺達は最後尾を進んでいる。

最後尾になり少しは戦う機会があるかと気合いを入れ直して進んでいるが今のところモンスターは前方からしか現れていない。

今までもそうだったが基本的にダンジョンのモンスターは殆どが奥《おく》から出現する。

一度通った所から急に現れるという事は稀《まれ》なので、これだけの人数が通ったあとに後ろから襲って来るモンスターは殆どいなかった。

「どうだシル？　モンスターいる？」

「はい、前方には確認《かくにん》出来ますが、今のところ後方にはいない様です」

「海斗〜ひま〜。わたし今日なにもしてないぞ！」

「そう言われてもな〜俺のせいじゃないから。まあ明日は間違《まちが》いなく出番があるだろうし今日はもうカードに還《かえ》っとくか？」

「ふざけるな！　還るわけないだろ！」

「じゃあ今日は大人しくしておいてくれよ」

それから更《さら》に三十分ほど歩いた所で待望の知らせがシルからもたらされた。

「ご主人様、ようやくです。後方からモンスターです」

「おおっ、ようやくか！　数は？」

「はい。それが一体だけです」

「そうか、もしかしたら単体で凄く強いやつかもしれないしな」

「そうですね」

「それじゃあ、ベルリアと俺が前に出るから、みんなはこのまま待機でお願い」

他のメンバーを残して俺とベルリアで後方に向かって戻る。

現れたのはおそらくはケンタウロスだが、亜種《あしゅ》なのか俺がゲームなどで知っているケンタウロスとはかなり異なる。

下半身は多分シマウマだ。そして上半身だが人の上半身ではなく馬の首が伸《の》びており頭の部分だけが人間っぽい。腕は四本の足とは別に胴体《どうたい》というか馬の首の付け根の下側に付いている。

ケンタウロスと呼んでいいのかも迷うところだが、どちらかというと馬に腕がついて頭が人型。人面馬と言った方がいいかもしれないが。思《おも》い描《えが》いていたケンタウロスと全体の割合というかバランスが大きく異なる為《ため》に、カッコよく無いというか何となく気持ち悪い。

「ベルリア、これ多分ケンタウロスだよな」

「マイロードまず間違いありませんが、縞模様《しまもよう》も相まって気持ち悪いですね」

「だよな」

ベルリアと二人で敵モンスターの品評をしていると突然声が聞こえてきた。

「聞こえているぞ！　足が二本しか無いお前らの方が気持ち悪いわ！」

おおっ、人型の頭をしているからか普通《ふつう》に喋《しゃべ》って来た。

「やっぱり喋れるんですね。一応聞いておきますが戦わずに逃《に》げたりしてくれたりそんな事ってあります？」

「舐《な》めているのか？　薄《うす》い顔の人間が調子に乗っているのか？」

「いや別に舐めてる訳では無いんですけど」

薄い顔……確かにケンタウロスの顔はイタリア人も真っ青というぐらい濃《こ》い。この顔に比べたら俺でなくとも大半の日本人の顔は相当薄いんじゃ無いだろうか。

「マイロード、この無礼なモンスターは私にお任せ下さい」

「一人で大丈夫《だいじょうぶ》か？」

「はい、問題ありません。こんな顔の濃い奴に遅《おく》れをとったりする事などあり得ません」

「そうか、それじゃあまかせるけど危なくなったら助けるな」

ベルリアが二刀を構えて前に出たのでそれに合わせて俺は一歩下がる。

『アースジャベリン』

いきなりケンタウロスが魔法を発動しベルリアに向かって三本の石の槍《やり》が飛んできたが、

ベルリアが最小限の動きで華麗《かれい》にかわしていく。

何気に一回の詠唱《えいしょう》で三つの槍が現れたのは凄い事な気がする。

俺達のスキルでは一回の詠唱で一つの現象しか起きていないので、元々三つワンセットなのかそれともレベルとかの関係で三つ出せるのかは分からない。

ケンタウロスは石の槍が避けられたのを見て四本の脚《あし》で駆《か》けながら、再び『アースジャベリン』を発動するが、またしてもベルリアは完全に避け切ってしまった。

ベルリアは完全にケンタウロスの攻撃を見切っている。

やはり、俺の剣《けん》の師なだけはある。まだ俺にはこの動きは出来そうに無い。

ベルリアは石の槍をかわしながら攻撃に転じるが、やはり四《よ》つ脚の相手の方が移動速度は速く、詰めた分だけケンタウロスも後ろに下がり距離をとられる。

そしてこちらはケンタウロスのイメージ通り手には弓を持っており、矢も併せて放って来る。

結構な体躯《たいく》の大きさと見た目に反して、こいつは完全に中遠距離タイプらしい。

明らかにベルリアとは相性《あいしょう》が悪い。

「ベルリア、手伝おうか？」

「いえ、大丈夫です。私にはマイロードに賜《たまわ》ったこれがあります」

ベルリアはそう言って右手の剣を魔核銃に持ち替えた。

「プシュ」「プシュ」

「ぐぅアッ！」

魔核銃の発射音と共にケンタウロスの呻《うめ》き声が聞こえてきた。

見るとケンタウロスの前脚《まえあし》二本共の真ん中に魔核銃の着弾痕《ちゃくだんあと》がくっきりと残っている。

完全に動きが止まったケンタウロスに向かって駆け、二刀であっさり長い馬の首を中程《なかほど》から刈《か》り取ってしまった。

「マイロード、気持ち悪い事以外全く問題ありませんでした」

「そうか？」

確かに力の差は歴然としていたが見た目以上に強敵だったので、全く問題ないと言える程、楽勝では無かったと思う。

その証拠《しょうこ》に本来使うつもりは無かったであろう魔核銃も使わされていた。

ベルリアの見栄《みえ》っ張りにも困ったものだ。

「おいっ、あのちっこいの他の二人のおまけか付き人か何かだと思ったら、滅茶苦茶《めちゃくちゃ》強くないか？」

「ああ、俺も一番影《かげ》が薄いから目に入ってなかったけど、やっぱりサーバントだけあって只者《ただもの》じゃ無いな」

「俺は幼児趣味《しゅみ》はないけど、あの感じ女性の探索者とかには結構人気出そうじゃないか？」

「ああ、でもパーティの中では序列が低いのかあんまり良い扱《あつか》いを受けてなさそうに見えるな」

「まあ、あのメンバーの中じゃあな～」

ベルリアがケンタウロスを倒す事に成功したので隊列に戻って先に進もうとしたが、やはり俺達同様他のパーティの戦いが気になるのだろう。すぐ前のパーティ以外のパーティも足を止めてベルリアの戦いを見ていた様だ。

まあベルリアの戦い方が一般的《いっぱんてき》な探索者の参考になるかどうかは分からないが、こうやってお互《たが》いに情報を得るのは集団戦に向けては悪くない事だと思う。

「おい、ベルリア！　お前だけずるいぞ！　わたしだって少しはドカーンとやりたいんだぞ！」

「姫《ひめ》！　申し訳ございません。ただあの程度の敵にルシェ姫の手を煩《わずら》わせる事はありません。全てこのベルリアにお任せ下さい」

「もう我慢《がまん》の限界だ。退屈《たいくつ》なんだ！　海斗、一番前に行ってきていいか？」

「いい訳ないだろ！　目立ってどうするんだよ。ただでさえ一番下《した》っ端《ぱ》のパーティなんだから目をつけられる様な真似《まね》はやめてくれ」

「それじゃあ、かわりに何かくれよ」

「かわりにって……」

「ないのか？」

「分かったよ。魔核《まかく》だろ。一個だけだぞ」

「一個だけ⁉　え〜無理！」

ルシェ無理ってなんだ無理って。

「しょうがないな。それじゃあ二個な。それ以上はこっちが無理だからな」

「ケチ。それで我慢してやるよ」

尚《なお》も文句を言うルシエにスライムの魔核を二個渡《わた》してやるが、強く視線を感じる。それも二人分だ。

これは見なくても分かっている。

「わかってるよ。シル達にも二個ずつな」

「えっ？　ご主人様、いいんですか？」

良くは無いけど、そんな目をされたら渡さない訳にはいかないよ。

「マイロード。ありがとうございます。一層頑張ります」

たった一回の戦闘で六個もの魔核が消費されてしまったが、直接的な戦闘が殆ど無いせいで、ここまで魔核の消費もほぼ無いので、少しぐらいの浪費《ろうひ》なら許されるだろう。

そこから更に進み、一時間半程経《ほどた》った頃《ころ》先頭の集団から声が上がった。

「あったぞ！　ここに間違いない」

声の方に進んでみると全てのパーティが集まっており、ダンジョンの通路の脇《わき》の壁《かべ》に大きな土色の扉が出現していた。

扉とは別方向に通常の通路があり、今でこそはっきりと姿を現しているがカモフラージュされていれば普通気がつく事は無い場所に扉がついている。

「これがそうか」

「結構すごそうね」

「ああ、明日が楽しみだ」

「ちょっとだけ覗《のぞ》いてみたりは」

「ヒカリンそれは無理だって」

「ですよね～」

今日は、ここまでの予定なので扉には誰《だれ》も触《さわ》らずに、全参加者で道を引き返す事にした。

帰り道も俺達のパーティは後方を歩く事が多かったので足が疲《つか》れた事以外は殆ど消耗《しょうもう》す

る事なく地上へと戻ることができた。

「それでは、明日エリアボスに挑《いど》む事となりますが今日何か気がついた事があればお願いします」

ギルドの職員が集まった探索者に呼びかけるが誰も声を上げない。

俺的にはダンジョンが狭《せま》くて全員で一緒《いっしょ》に戦う機会が無かったので連携《れんけい》が上手くとれるか不安だけど、他の人達は大丈夫なんだろうか？

「何もないですか？　なければ明日九時に集合でお願いします」

やはり誰も何も言い出さない。

やはりみんなの前で発言するのは憚《はばか》られるんだろうか？

メンバーに目配せをするが一様に俺に発言しろという無言の合図を送ってくる。

目は口程に物を言うとはこの事だろう。

あまり気はすすまないが、この不安を抱《かか》えたまま臨《のぞ》むのも怖《こわ》いので小さく手をあげてみた。

「はい。どうされましたか？」

「あの〜。今日一度も全員で戦っていないので、明日本番の戦い方というか連携が分からないんですけど」

俺が遠慮《えんりょ》がちに質問したと同時に、

「ああ、それ俺も思ってたんだよな～」

「そうそう、他のパーティの戦い方もよくわからんし」

「適当に全員で戦ったら混乱するよな」

と俺に同調するような声があちこちから聞こえて来た。

そう思ってるんだったら年上なんだから率先《そっせん》して言ってほしかった。俺が声を上げなかったらどうするつもりだったんだろう。

「それでは陣形《じんけい》的な事を打ち合わせておきましょうか。既に数パーティが挑んでいますので中のマッピング情報があります。紙上の図面にパーティの担当エリアを記載《きさい》して配らせていただきます」

「あと、戦い方なんですけど」

「パーティ毎《ごと》の担当エリアをある程度区切らせて頂きますが、実際には紙上通りいかない事も考えられますので、そこは現場で臨機応変に対応して頂く他はありませんね」

言っている事は理解できるが、現場でそう上手くいくものだろうか。

「他に何かありませんか？」

「もう一ついいですか？　事前にモンスターの情報はもらったんですけど、特に弱点とか気をつける事とかって分かりますか？」

「正直、まだ撃破《げきは》に至っていませんので弱点などの詳細《しょうさい》は不明ですが見た目以上に防御力《ぼうぎょりょく》があり硬《かた》いとは聞いております。また前回のパーティが挑んでから少し時間が経過しておりますので、現場の状況《じょうきょう》が変化している事も考えられます。挑んで頂いたその場で対応していくしか無いと思われます」

「そうですか。わかりました」

これ以上質問しても詳しい内容は出て来そうに無いので、まだまだ知りたい事もあったがそこまでにしておいた。

ギルドはあくまで事務方なので多少お役所仕事感があるのは仕方が無いのだろう。

その後すぐ全員に図面が配られたが、図面というか隠し部屋は、ほぼ四角形に近い形をしており、六パーティが扉から進んで横一列に展開して配置されており、俺達は向かって一番左端《ひだりはし》を担当する事になっている。

今日前を探索していた四パーティが中心に並び、俺達と後方をついて行っていたパーティが左右の端《はし》に配置されている。

まあ他のパーティの邪魔《じゃま》にならない様に端っこで頑張りたいと思う。

「私達端《たちはし》っこね」

「まあ俺達十五階層に潜《もぐ》ったばっかりの一番下《した》っ端《ぱ》パーティだからな」

「そうね。でも今日の感じだと私達ってこの中じゃ射程が長い方だと思うんだけど、端っこだけでいいのかしら」

「そこは臨機応変にって言ってたから、邪魔にならない程度に自由にやればいいんじゃないか？」

「なんか思ってたよりも窮屈《きゅうくつ》な感じね」

「そうですね。ゲームのレイドバトルみたいにみんなで一斉にかかって殲滅《せんめつ》するのかと思ってたのですけど、よく考えてみるとダンジョンで三十五人一斉は無理なのです。やっぱりゲームの世界とはちがうのです」

　ヒカリンの言う通りだ。ゲームのように都合よくはいかない。明日少しでも上手く立ち回れるようにしっかりと脳内シミュレーションをしておきたい。

　ベッドの中で戦闘の手順を繰《く》り返しイメージしているうちに眠《ねむ》ってしまっていたが、緊《きん》張《ちょう》からかいつもより少しだけ早く目が覚めた。

　今までもダンジョンでは命を削《けず》る様な戦いをして来たが、それは結果的にであり今日の様に事前に分かっていた事は一度も無い。

今日の敵は既にどんなモンスターか判明しているし俺達の他に五パーティもいるので危険度はかなり低いと思うが、それでもいつもより緊張してしまう。

少し眠いが体調もほぼ万全《ばんぜん》なので今日のバトルにはしっかりと対応できると思う。

朝支度《したく》を終えてから、九時の集合に間に合うように家を出てギルドに向かう。

ギルドに行く前にレンタルロッカーで装備を整えてから、気合を入れ直してギルドへと向かう。

ギルドに着くと既にミクとあいりさんが待っており、五分程でヒカリンもやって来た。

九時になると同時に六パーティでギルド内へと進んだ。

「それでは今日、皆様《みなさま》で隠し扉内のモンスターを討伐《とうばつ》していただきます。今回は六パーティで臨んでいただきますので、まず大丈夫だとは思いますが、当然皆様の命が最優先です。危なくなったら無理せず各自の判断で撤退《てったい》してください」

ギルドの人が言っている事は至極《しごく》当たり前の事なのだが、何となく巷《ちまた》で言うところのフラグっぽくってちょっと引っかかってしまった。

まあ俺《おれ》の受け取り方の問題なので、こういう時はもっと素直《すなお》になった方がいいのだろう。

そこからは昨日と同じ様に十五階層まで全員で向かった。

「みんな、準備はもう大丈夫？」

「当然だな」

「昨日はいつもよりいっぱい寝《ね》ましたからね」

「お肌《はだ》の手入れも万全よ」

あまりお肌の調子はレイドバトルに関係するとは思えないが、それだけ心に余裕があるということだろう。

昨日と同じルートを同じメンバーで進んだので、昨日よりもスムーズに進む事が出来た為、およそ二時間で目的地迄到達《までとうたつ》した。

今日も俺達パーティが交戦したのは二回だけだった。初日にも交戦した金の豚と銀の豚と戦う事となったが、実際に戦ってみてようやく金と銀の違いがわかった。金の豚は物理攻撃に強く銀の豚は魔法攻撃《まほうこうげき》に対して耐性《たいせい》を持っていた。

金銀混合の豚がいればさらに手強《てごわ》かったのだと思うが、そんな豚はいなかったので前回の様に吹《ふ》き飛ばされる事なく倒す事が出来た。

俺達だけではなく全てのパーティが万全の状態で気合を入れ直して扉に集中する。

「それじゃあ開けるぞ！　各パーティ持ち場は把握《はあく》してるな。行くぞ〜！」

先頭にいたパーティのメンバーが声を上げて隠《かく》し扉に手をかけた。

遂《つい》に俺にとって初めての本格的な集団戦が始まる。

扉は全員が一斉に入れる程は大きくないので、ここまで進んで来たパーティ順に走って中へと入って行く。

すぐに俺達の順になったので前のパーティに遅れない様に急いで中に入り、予定通り部屋の一番左を目指して走るが、先に入っていたいくつかのパーティは既に交戦状態となっており、剣戟《けんげき》の音が聞こえて来る。

俺達も持ち場に着くと同時に直《す》ぐに敵モンスターを見据《みす》える。

「みんな、今日は節約も遠慮もなしだ！　とにかく倒し切る事だけに集中だ！　俺とベルリア、あいりさんが前に出る。シルもやばくなったら前に出てくれ！　後のメンバーは後方から撃《う》ちまくって！」

脳内では飽《あ》きる程にシミュレーションを繰り返したが、実戦でシミュレーション通りにいく保証はない。俺も速攻《そっこう》で終わらせるべく敵に向かって行く。

「おおおおおぉぉ～！」

俺の前にはエリアボスがいる。

エリアボスに相応《ふさわ》しいメジャーモンスター牛鬼《うしおに》、いやミノタウロスだ！

それも一体では無い。普通ボスといえば一匹《ぴき》だと思うが目の前には推定五十体はいる。

一体が結構なサイズ感があるのでこれだけの数揃《そろ》うと威圧《いあつ》感が半端《はんぱ》ではない。

今回の六パーティは前衛タイプが多い様なので相性は良さそうだが単純計算では倍近くの敵がいる事になる。

普通なら劣勢《れっせい》は免《まぬが》れないところだが、ここはダンジョンで四方を壁で囲まれた限られた空間なので横一列に陣取《じんど》った俺達《おれたち》に対して、ミノタウロスが一斉に五十体で向かって来る事は無く、ほぼ半数がこちらの前線と交戦している。

俺も目の前のミノタウロスに向かって行くが、この隊列を組んだ状態では気配を消すメリットも薄く、何よりも俺が後方に回り込む間に前線ラインを突破《とっぱ》される恐《おそ》れがあるので気合を入れて正面から倒しにかかる。

「くっ！　でかいくせに速いな。おおおおぉ～！」

巨体《きょたい》に似合わないスピードと定番とも言える特大サイズの戦斧をぶん回して来るので当たったらただでは済まない。

まともに受ければ、バルザードが折れてしまう可能性もありえる。

そもそもバルザードの前に俺が力負けしてしまう可能性の方が高いだろう。

俺はベルリア仕込《じこ》みのステップによる回避《かいひ》を繰り返しながら反撃《はんげき》を試みるが、進化したとはいえショートソードサイズのバルザードでは完全にリーチが足りない。

「ご主人様、下がってください。我《わ》が敵を穿《うが》て神槍ラジュネイト」

苦戦する俺と入れ替わりでシルが前に出てミノタウロスを撃退《げきたい》してくれた。

すぐに次の敵が向かって来るが、バルザードに氷を纏《まと》わせて魔《ま》氷剣を発現させる。

「シル、俺がやる。下がって他の二人のフォローも頼《たの》む！」

魔氷剣の斬撃を向かって来るミノタウロスに放ちそのまま迎《むか》え撃つ。

不可視の斬撃が確実にミノタウロスにダメージを与《あた》えて動きを鈍らせるが、その動きを完全には止める事が出来なかったので『ドラグナー』で追撃《ついげき》をかける。

初めて見るミノタウロスは、全身にかなりの体毛が生えており、思っていた以上に獣っぽい。

青い弾丸《だんがん》が強度のありそうな外皮を貫通《かんつう》して深手を負わせる。

「ブゥグアア〜！」

ミノタウロスは痛みに唸《うな》り声を上げながらも真《ま》っ直ぐに突《つ》っ込んで来る。流石《さすが》はエリアボスだ。

鈍った戦斧の一撃《いちげき》を躱し、踏《ふ》み込んで魔氷剣をミノタウロスの鍛《きた》え抜かれた腹部へと斬《き》りつけ、そのまま切断のイメージを重ねて一気に斬り裂《さ》く。

これでシルと合わせて二体。戦闘自体は一分に満たない時間だが、初見の敵と普段《ふだん》とは違《ちが》う雰囲気《ふんいき》の中での戦闘にいつもよりも疲労《ひろう》感を感じる。

俺の前方には敵が居なくなったのでベルリアとあいりさんの方に目をやると、ベルリアのフォローをヒカリンが、あいりさんのフォローをミクとスナッチがしながら戦っている。

ルシェは後方から自由気ままにスキルを放っている様だ。

ベルリアはミノタウロスの巨体にも力負けせずに正面から斬り結《むす》んでいる。

ベルリアの技術あってこそだと思うが、巨大《きょだい》な戦斧を片方の剣でしっかりと受け止めながらもう片方の剣で手傷を負わせている。

動きが止まった所をヒカリンが『ファイアボルト』で攻撃する。

「ヒカリン、あいりさんの所にも『アースウェイブ』を！」

この密集した戦闘ではヒカリンの『アースウェイブ』が絶対的な効果を発揮するはずだ。

俺の指示でヒカリンが即座《そくざ》に『アースウェイブ』を発動して、あいりさんが斬り結んでいるミノタウロスの動きを鈍らせる。

あいりさんが即座に反応して『斬鉄撃』を発動し、ミノタウロスの首をはねとばし消失させる事に成功したのを見届け、俺も魔氷剣を構え直して次の敵へと向かって行く。

ミノタウロスのパワーには目を見張るところがあるものの、単体での戦闘では十分に対応できている。

周りで戦っている他の探索者達《たち》も十分に渡り合えている様に見える。

俺の場合はMPが問題だが、今回は低級ポーションを使うつもりなので出し惜《お》しみはしない。

魔氷剣の斬撃を飛ばして怯《ひる》んだ隙《すき》に距離を詰《つ》め『ドラグナー』で致命傷《ちめいしょう》を与えてからとどめをさす。

もちろんミノタウロス相手に楽勝とはいかないが、確実に手順を繰り返す事に集中する。

他のメンバー二人も使用する手段に違いはあるものの、後方からの支援《しえん》も含《ふく》めてほぼ同じ手順でミノタウロスを倒《たお》して行く。

俺達だけで既《すで》に七体を倒したので再度状況《じょうきょう》を確認してみるが、事前に想定していた以上に状況は良く無い。

「みんな大丈夫か～！」

「私達は全然大丈夫だけど」

「減りませんね～」

当初五十体以上いたと思われるミノタウロスのうち前線にいた個体のかなりの部分は消滅し、後方にいた個体と入れ替わっているが、いまだに後方に控えている数と合わせて、その数およそ五十体。

戦闘開始から比べて全く数が減っていない。

恐らく、六パーティで三十体以上のミノタウロスを倒しているはずだが、現存しているミノタウロスの数は五十体余り。

このミノタウロスは増える。

以前出会ったホブゴブリンの様に増えるのだ！

ギルドで話を聞いた時には総数四十体余りと聞いていたが、開戦時の段階で既に五十体を超《こ》えていたので、当初の想定を超えている。

一番最初にここを発見したパーティは最初四体のミノタウロスと交戦したらしい。

ただ、倒しても倒しても数は減らず、むしろ増えてしまい十体を超えた段階で、扉《とびら》の外へ退却《たいきゃく》する事となったらしい。

その後も幾《いく》つかのパーティが単独で挑みその度に数を増やしてしまう結果となり今に至っている。

四十体程の敵に総勢で三十五名を超える探索者《たんさくしゃ》で挑み一網打尽《いちもうだじん》にする。それが俺達の当初の計画だったが、思っていたよりも数が多いせいで倒すペースが増殖《ぞうしょく》のペースを上回る事が出来ていない。

現状、ミノタウロスは後ろに控えている一団の分だけ常に余力を残した状態といえる。

こちらも敵の戦い方に慣れて来たので多少のペースアップは見込《みこ》めるが、それも一時的なもので体力の減少と共にペースダウンしていく事は間違いない。

まだ戦闘を開始してどれだけも経過していないが、この戦闘状態を数十分に渡ってキープする事は出来そうにない。

たまにアニメなどの描写《びょうしゃ》で数時間に渡って戦い続けている様なものがあるが、あれはリアルのダンジョンでは絶対に不可能だと思う。

どうやっても体力がもたない。

俺は更に後続から向かって来たミノタウロスと交戦を続けたが、交戦中に魔氷剣が解けてしまったので回避しながら再びシルの援護《えんご》を受けるが、いい加減息があがってきた。

下がったタイミングでもう一度周りの状況を確認してみるが、戦闘ラインは殆《ほとん》ど動いていない。負けてはいないが押し込んでいるわけでも無いので、無尽蔵《むじんぞう》なミノタウロスが圧《あっ》倒的《とうてき》に優位だ。

見る限り、新しく増殖したミノタウロスは完全にフレッシュな状態を保っており体力に際限は無さそうだ。

このまま行けば、時間と共に撤退も視野に入って来るが、今回引いてしまえば数がどこまで増えるか分からない。

これ以上数が増えてしまうと本当に手に負えなくなってしまいそうなので、どうにかして倒してしまいたい。

「シル、どう思う？」

「こちらの最大火力で蹴散《けち》らしてしまうしか無いのではないでしょうか？　ルシールを呼べばこちらの手数も増えますし」

シルの考えも俺の考えている事と大差は無さそうだが、六パーティもいるのに自分のパーティだけが突出《とっしゅつ》して攻撃をかける事に若干《じゃっかん》の抵抗《ていこう》感がある。

正直俺達が仕掛《しか》けて上手《うま》くいかなかった時に戦況《せんきょう》全体のバランスが崩《くず》れてしまいそうで怖い。

俺一人で責任を取れる様な事ではない。

どうする。

俺はすぐに決断する事が出来ずに、ミノタウロスとの戦闘を継続《けいぞく》していたが、残念ながら状況が勝手に好転する事は無く、予想通り時間と共にレイドメンバーが目に見えて疲れてきている。

後方から数人が回復を試みたり、入れ替わりでポーションを飲んだりはしている様だが徐々《じょじょ》に消耗してきている。

「なにトロトロやってるんだ。考えるだけ無駄《むだ》だろ！　バカなのか⁉」

ルシェがけしかけて来るが、もうそれしかない様にも思えるので俺は指示を出す。

「シル、『エデンズゲート』を使ってから『神の雷撃《らいげき》』を！　ルシェは『破滅《はめつ》の獄炎《ごくえん》』を連発してくれ」

「おい『暴食の美姫《びき》』は使わないのか？」

「あ〜それはいいや。ヒカリンも融合魔法《ゆうごうまほう》を頼んだ。みんなで一気に行くぞ！」

シルがルシールを召喚《しょうかん》したのを合図に俺も『ドラグナー』を連射してミノタウロスを倒しにかかる。

ルシールの風が舞《ま》い前方のミノタウロスが宙を飛んだのを皮切りに、ルシェが『破滅の獄炎』を放ち目の前が開けた。

開けた所にベルリアが単独で突っ込《こ》んで行く。

俺としては突っ込んで行く気は全く無かったのだが、ベルリアだけではすぐに囲まれてしまいそうなのでやむを得ず遅れて突っ込む。

突っ込むのとタイミングを合わせるように敵の後方が爆発《ばくはつ》して、それまで悠長《ゆうちょう》に待機していたミノタウロス達が急に混乱し始めた。

どうやらヒカリンの融合魔法が上手く決まった様だ。

混乱に乗じて敵を撃つべくナイトブリンガーを発動し、気配を薄めてミノタウロスに迫《せま》り側部からバルザードを突き刺《さ》してから破裂《はれつ》のイメージをのせ爆散させる。

俺のすぐ横ではあいりさんがミノタウロスに『アイアンボール』をお見舞《みま》いしている。

シルの『神の雷撃』も発動して轟音《ごうおん》を響《ひび》かせミノタウロスを消失させる。

探索者達は、突然《とつぜん》の爆音《ばくおん》の連続に驚《おどろ》いて動きが鈍《にぶ》ったものの、すぐに味方の攻撃《こうげき》である事が分かると、今が好機と取った探索者達が一気に押《お》し始めた。

全体に押し込み始めた所を、俺達のパーティが敵の中団から後方にかけてを一気に崩しにかかる。

『ドガガガガガ～ン』

シルル、ルシェ、ルシールが追撃をかけヒカリンが二発目を発動した事で更に相手の数は減り、数の上ではほぼ同数になっている。

スナッチも走り回って『ヘッジホッグ』を発動しミノタウロスに混乱をもたらしており、ミクと一緒に突っ込んだ俺達三人のフォローをしてくれている。

気を抜《ぬ》くとすぐに増殖のスピードが上回り数が増えてしまうので、更に攻撃の手数を増やしていく。

ベルリアが二刀を振《ふ》るいながらどんどん前に進んで行くので俺もその背後に陣取り気配を薄めながら攻撃を続ける。

ヒカリンの三発目が炸裂《さくれつ》した時点で、後ろに控《ひか》えていたミノタウロスはほぼいなくなり、増殖分を含めても完全に探索者側が数的優位に立った。

数を減らし全てのミノタウロスが探索者と交戦に入ったのでこれから先はシル達に連発させるのは危険だ。

「シル、ルシエ、後は増殖した個体だけ倒してくれ。ヒカリンも融合魔法は終わりにしよう。他のパーティのサポートに回ってくれ！」

一気に数を減らしたことで増殖のペースよりも殲滅のスピードが上回った。このまま確実に倒していけば自《おの》ずと数は減って行くだろう。

俺とベルリア、あいりさんは目の前の敵を倒してから他の探索者と共闘《きょうとう》に入る。

俺は、他の探索者が戦っているミノタウロスの背後に回り込んで魔氷剣で駆逐《くちく》していく。

このまま押し切ればいける。

この場で戦う全ての探索者の意識が統一されていく。

士気の上がった探索者の攻勢《こうせい》は強まりミノタウロスの数は残り七体まで減って来た。

今もほぼ倍の数の探索者が取り囲んで攻撃を仕掛けているので間も無く戦闘《せんとう》は終了《しゅうりょう》するだろう。

想定していたよりも数が多かったので苦戦はしたが、十五階層まで来たパーティだけあって強度は高く、ミノタウロスに押し負ける事なく撃破を続け、あと少しのところまでこぎつけた。

取り囲んでいる場所にはスペースが無いので、俺達のパーティは既に役割を終えて戦闘から外れた場所で待機している。

「六パーティいたからなんとかなったけど俺達だけじゃ無理だったな。流石はエリアボスだ」

「そうね。もっと数が少ないタイミングで来てれば、私達だけでもなんとかなったと思うけど流石に五十体は無理ね」

「ミク様、五十体だろうが百体だろうが、このベルリアにとってものの数ではありません」

「あ～そうね。そうかもしれないわね」

ベルリアのやる気は買うが、いくら士爵《ししやく》級悪魔《あくま》でも幼児化した状態で百体は論外だろう。

「増殖したミノタウロスもしっかり魔核を残してるみたいだし百個以上あるな」

「そうですね。ある意味ここで倒し続けていれば無限に魔核を稼《かせ》げる可能性があるのでは無いでしょうか？」

「確かに可能かもしれないけど、それを試《ため》す勇気はないな。それよりエリアボスだしレアドロップとか出ないかな」

「その可能性は十分あるな。もしエリクサーだったら……」

「その時は俺が他の人全員に土下座でもなんでもして頼み込みますよ。まかせてくださ
い！」

「そうか。それは頼もしいな」

そうだ。ここでエリクサーが出る可能性もある。

その場合三十名近くいる他の人達を説得しなければならない。

なんとか頼み込んで分割払《ぶんかつばら》いか何かで融通《ゆうずう》してもらうしか無いかもしれない。

「うっわあああ〜」

「おいおい、なんだこれ！」

「やべーよ」

ほぼ戦闘が終わっていたはずの所から急に探索者達の声があがった。

「なんだ？　どうしたんだ。何かあったのか？」

「ここからではよくわからないが、探索者が押されてないか？」

見ていると、敵の数が減って取り囲む輪と人数が減っていた戦闘区域の探索者が数人弾
き飛ばされているのが見えた。

「グウブゥォオオオオ〜！」

ミノタウロスの雄叫《おたけ》びが上がり、こちらまでビリビリと空気の振動《しんどう》が伝わってくる。

なんだ？　この感じ今までの感じとは違う。

「ご主人様、戦闘準備をお願いします。敵の一体が変化を起こした様です。明らかに今までの個体よりも強いです」

変化？

モンスターって変化なんかするのか？

「シル、変化ってなんだ？　ミノタウロスって変化するのか？」

「ミノタウロスに限った事ではありませんが、何かをきっかけにして稀《まれ》に上位個体に変化する事があるようです」

上位個体に変化、いわゆる進化みたいなものか？

という事はミノタウロスの上位個体という事だから、ホブミノタウロス？

あんまりかっこよくないからミノタウロスロードいやキングミノタウロスか？

「みんなも準備しておいて。他のパーティが片付けちゃうかもしれないけど、ダメな場合は俺達もいくよ」

「分かったわ」

「はい」

「ああ」

再び武器を構えて戦闘の中心を凝視《ぎょうし》しているとで暴れているモンスターが見えた。

先程迄《さきほどまで》のミノタウロスより一回り以上大きい上に色が違う。茶褐色《ちゃかっしょく》だった毛や表面部分が赤く染まっている。

見るからに強そうだ。

今も六人ほどの探索者が全方位を囲んで切り掛《か》かっているが、赤いミノタウロスは両手に持つ二つの巨大な戦斧を振り回して単騎《たんき》で応戦している。

そして今までには見られなかった魔法《まほう》かスキルでの攻撃を行なっており、戦斧の動きに合わせて風が舞い、探索者を寄せ付けなくなっていた。

流石はキングミノタウロスだ。俺が勝手にそう名付けただけの事はある。

キングミノタウロスの出現に緊張感を走らせ臨戦態勢をとってはいるが、俺には一向に出番はやって来ない。

当初囲んでいたメンバーに周囲の数人が加わってほぼ十人の探索者が全方向から攻撃をかけているので、流石のキングミノタウロスも最初の勢いは徐々に失われて来ている。

このままいけば、俺達の出番は無さそうだ。

「もう終わりそうだ。ちょっとあの赤いミノタウロスには興味があったんだけど戦う事なく終わりそうだよな」

「まあ、あれがいっぱい出て来たら大変だからよかったんじゃない？」

「そうですよ。無事依頼完了《いらいかんりょう》なのですよ」

「まあ、普通《ふつう》のミノタウロスより強いのは間違《まちが》いないな。探索者十人と単騎で渡り合ってるんだから相当なものだろう」

終戦を前にK‐12のメンバーも再びリラックスモードに入っている。

「うっわあああああ〜！」

大きな叫《さけ》び声がしたので咄嗟《とっさ》に声の方を見るとそこにはキングミノタウロスが立っていた。

先程迄の個体はまだ探索者に囲まれて戦っているので別の個体だ。

増えた。

頭から完全に抜けていた。ミノタウロスが増殖するのだから当然キングミノタウロスも増殖してもおかしくない。

最後の一体だったうえ進化した特殊《とくしゅ》個体のせいで頭の中で今まで戦っていたミノタウロスとは別物だと誤認《ごにん》してしまっていた。

一体で探索者十人を相手取れるキングミノタウロスだ。これ以上増えるのはまずい。

「みんないくぞ！」

俺はみんなに声をかけてから、新しく現れたキングミノタウロスに向けて駆《か》け出した。

俺よりも近くにいた探索者は既に交戦状態に入っている。

ナイトブリンガーの効果がどれ程《ほど》通用するかは分からないが、効果を発動して近づいていく。

最初の個体と同じ能力を持っている様で振り回している戦斧の周囲を風が舞っているので、容易に懐《ふところ》には入れない。

俺は距離《きょり》を詰めると同時に魔氷剣の斬撃を飛ばす。

斬撃は見事キングミノタウロスに命中するが、明らかに傷が浅い。

通常のミノタウロスよりも防御力が高くなっているのは間違い無《な》さそうだ。

俺の両脇《りょうわき》をベルリアとあいりさんが駆けていき、敵と直接斬り結んだ。

ベルリアが二刀を使い片方の戦斧を受け止め、他の探索者がもう一方の戦斧を抑《おさ》えている間にあいりさんが『斬鉄撃』で袈裟《けさ》懸《が》けに斬り裂いた。

「グブゥウォオオオオ〜！」

あいりさんの一撃はかなりの深手を負わせ痛みで暴れ出しているが、消失には至っていない。

「ご主人様、あっちにも」

　後方からシルの声が聞こえて来たので指示する方に目を向けると三体目のキングミノタウロスが出現していた。

　まずい。これ以上は冗談抜《じょうだんぬ》きでまずい。

　まだ一体目のキングミノタウロスも倒せてはいないので、これ以上は探索者の数に余裕《よゆう》がない。

「ミクとヒカリンはベルリア達のフォローを。やばくなったらスナッチの『フラッシュボム』を使おう。シル、ルシェ、俺と一緒にあっちをどうにかするぞ！」

　三体目にも既に他の探索者が対応しているので俺達が加勢すればいけるはずだ。

　俺はその場から三体目のキングミノタウロスに向かって『ドラグナー』を放った。

　完璧《かんぺき》に狙《ねら》いをつけた蒼《あお》い弾丸は光の糸を引いてミノタウロスの肩口《かたぐち》に命中した。

「ズレたっ！」

　俺の感覚では胸の真ん中に命中させる予定だったのだが、恐らく戦斧による風の影響《えいきょう》を受けて弾の軌道《きどう》がズレてしまった。

　それでもダメージを与えた事には違い無いので、更《さら》に『ドラグナー』を放つが、またズレて脇腹《わきばら》に命中する。

「ご主人様、四体目です」

おいおい、四体目ってもう対応できるメンバーいないだろ。

俺達が一体も仕留め切る事が出来ない間に四体目のキングミノタウロスが出現してしまった。

まずい。どうする。

四体相手にするのは人員的にギリギリだ。一刻も早く数を減らしたいが、弱りかけている最初の個体を加勢して先に倒した方がいいのか？

「ご主人様、向こう側に五体目です。増殖のペースが上がっています。どうされますか？」

やばい、完全にこちらの攻撃を増殖スピードが上回ってしまった。

もう、やるしかない。

「シル、もう一度ルシールを喚《よ》んでくれ！」

「もちろんです」

「ルシェもいけるか？」

「当たり前だろ、指示が遅《おそ》いんだよ」

これ以上、敵の数を増やすわけにはいかない。新しく増殖した三体はサーバント達にまかせて俺は最初の一体の討伐に加勢する事にした。

既にかなり弱っており動きも鈍いので、交戦している探索者の外側から突き出している頭を狙って『ドラグナー』を連射した。

先程《さきほど》何度も弾道《だんどう》をずらされたので、二連で放つ。二撃目に放った銃弾《じゅうだん》が頭を捉《とら》えて貫通したと同時にキングミノタウロスが消滅《しょうめつ》した。

思った以上に弱っていた様で意外にもあっさり止《と》めをさす事が出来た。

交戦していた探索者が一斉《いっせい》に俺の方を向くが、直後六体目が出現してしまったのでそのまま全員で対応にあたる。

俺は六体目に向かう前にサーバント達にまかせた三体に目を向けるが、既にシルは敵を葬《ほうむ》っており、残りの一体は炎に包まれ、もう一体は宙を舞っていた。

「シル、次に向かえ！　ルシェとルシールも頼んだぞ！」

やはり俺のサーバント達は頼もしい。キングミノタウロスも全く問題では無い様だ。

そういえばもう一人の俺のサーバントは？

見るとベルリアもしっかりと役目を果たしてキングミノタウロスに手傷を負わせながら後少しで倒せそうなところまで持ち込んでいる。

「我が敵を穿て神槍ラジュネイト」

見ている側《そば》からシルがベルリアの相手にしていた手負いのキングミノタウロスを一撃で

倒してしまった。

シル流石だな。ベルリアも頑張《がんば》った。次頑張ろう！

いずれにしてもこれで一気に五体を葬った事になるが既に新たなキングミノタウロスが三体増え四体となっている。

増殖スピードが早すぎるだろ！

「シル、ルシェ、ルシールもう一体ずつ頼んだ。ミク、スナッチに『フラッシュボム』を使わせてくれ。これで一気に決めるぞ」

流石に無尽蔵に増殖され続けると、時間が経過するにつれて俺達が不利になる。ここで四体同時に叩《たた》く。

シルとルシェはまず問題無く倒してくれるだろうから、ルシールとスナッチのフォローだ。スナッチにはミクとヒカリンが付いているので俺はルシールの横につく。

ルシールは真ん中のキングミノタウロスに狙いを定めた様で、そのままスーッと飛んでいくとスキルを発動した。

「増えるとはキリがないですね。早くお還《かえ》りください。『エレメンタルブラスト』」

目の前のキングミノタウロスの周囲に突風《とっぷう》が発生して、モンスターを空中高く巻き上げる。

俺《おれ》は完全に無防備となったその頭部目掛《めが》けて『ドラグナー』を放ち倒す事に成功した。

「海斗様、お見事です」

「いやルシールの魔法がすごいだけだから」

無事に俺の役目は果たしたので他のメンバーに目をやるが、他の三体のキングミノタウロスもほぼ同時に消失していた。

スナッチの『フラッシュボム』は、キングミノタウロス相手でもいかんなく威力《いりょく》を発揮し胴体《どうたい》に大穴を開けていた。

これで、この場のモンスターは全て倒した。

ただ安心は出来ないので臨戦態勢を解く事なく周囲に意識を張り巡《めぐ》らせていたが、今度こそ本当に何も起こらなかった。

「終わった～」

かなり苦戦したが俺達は無事にエリアボスであるミノタウロスを全て殲滅する事に成功した。

メンバーにも怪我《けが》は無さそうだ。

よかった。

「ふ～っ。進化した時はちょっと焦《あせ》ったけど倒せてよかったな」

「さすがはレイドバトルのターゲットだけはあったな。まさか増殖の上に進化するとはな」

「結構ギリギリだったわね」

「シル様とルシェ様がいないと危なかったのです」

みんなの言う通りだ。本当にギリギリだった。

「ご主人様、あの……」

「どうしたシル？　どこか怪我でもしたのか？」

「馬鹿なのか。腹が減ったに決まってるだろ。早くくれよ！」

ああ、そうだった。俺は戦いが終わってホッと一息ついてたけど、彼女達《かのじょたち》の腹減りは待った無しだった。

「それじゃあ、今日は頑張ってくれたから一人十個だ！」

「わたし達を舐《な》めてるのか？　これだけ必死に戦ってたった十個⁉　ないな」

ルシェ、確かに活躍《かつやく》してくれたとは思うけどルシェって今回そんなに必死で戦っていたか？

俺と違って結構余裕を持って戦っていた様にも見えたけど。

「そうか……じゃあ十五個だ。それでいいだろ」

「二十個だ。それで我慢《がまん》してやるよ」

二十個。三人で六十個か。まあ報奨金《ほうしょうきん》も出るし必要経費と考えたらこのぐらいは仕方がないか。

「分かったよ、じゃあそれでいこう。シルもそれでいいか？」

「はい、もちろんです。ありがとうございます」

シルが、満面の笑《え》みを浮《う》かべ喜んでくれている。

ああ、どうせあげるならルシェの様に毒舌《どくぜつ》で来られるよりもシルの笑顔《えがお》が何百倍も素晴《すば》らしい。

シルの笑顔はまさにゴッドスマイル。春香の笑顔と双璧《そうへき》を成す俺の心の清涼剤《せいりょうざい》だ。

「マイロード、私にもお願いして宜《よろ》しいでしょうか」

「もちろんだ。ベルリアも頑張ってくれたからな」

「はい。ありがとうございます。これからもマイロードの為《ため》に頑張ります」

俺はスライムの魔《ま》核《かく》を六十個取り出して三人のサーバントに手渡《てわた》した。

あれだけ悪態をついていたルシェも満足そうな顔で魔核を吸収している。

「なあ、シル聞いてもいいか？　魔核って美味《おい》しいのか？　それとも味はないの？」

「はい。もちろん美味しいですよ。甘《あま》くて良い香りがします」

「そうなんだ。不思議なものだな」

「はい、魔核によっても少し味は違いますが、以前頂いた事のある赤い魔核が一番美味しかったです」

赤い魔核か。以前俺が何も考えずにシルに渡《わた》してしまった百万円を超える特別な魔核。ギルドで日番谷さんから聞いて絶望感に苛《さいな》まれたあの赤い魔核はやはり味も格別なのか。

「そうなんだ」

「はい。今までにないとろける様な濃厚《のうこう》な味わいでした。出来ればまた頂きたいです」

「あ～。あれはな～たまたまだから。レアだからそうそう手に入る様な魔核じゃないんだ」

「そうなんですか。残念です……」

思っていた以上にシルが落ち込んでしまった。そんなにあの赤い魔核が美味しかったのか。だがもし次見つけても前回の様に何も考えずに渡すわけにはいかない。

「海斗！　赤い魔核ってなんだ！　わたしはそんなのもらった事ないぞ！」

「いや、それは渡した事ないから」

「どういう事なんだ！　シルだけっていじめか！　わたしに対する嫌《いや》がらせか！」

「ちょっと待て。そんなわけないだろ。赤い魔核はレアなんだよ。俺も今までで一個しか手に入れた事はないんだ。誤解だよ」

「じゃあなんでその一個はシルなんだよ。やっぱりいじめだな」

「いやいや、その時はシルしかいなかったからだろ。変な言いがかりやめてくれ」

「本当だな。それじゃあ次赤い魔核を手に入れたらわたしにくれよ」

「え……」

「だっていじめじゃないんだろ。シルだけもらってわたしはないなんて……」

「……」

赤い魔核。値段を聞いて若干のトラウマにもなりかけたあの赤い魔核か。シルにポンと渡すにはあまりに高額な魔核だが、四年間で一個しか手に入れた事の無いレアな魔核なので今後俺が手に入れる可能性は限りなく低い。まあ大丈夫《だいじょうぶ》かな。

「分かったよ。次手に入ったらな」

「本当だな。絶対だぞ！」

「ああ、手に入ったらな」

「約束だからな！」

ルシェとの約束は怖《こわ》くて破れないが、あくまでも手に入らなければそれまでなので、今まで通りあまり気にしなくてもいいだろう。

今回百体を優に超える数のミノタウロスを倒す事に成功しており、当然魔核も同数だけ落ちているので全員で回収して回る。

見る限りかなり大きめの魔核なので一個二万円くらいはするのではないだろうか。中に数個大きいのが混じっており、恐《おそ》らくキングミノタウロスの魔核だと思われるが、全部合わせると結構な買取額になりそうだ。

ただ参加者三十五名余りで割ると一人十万円ぐらいかもしれない。

全員で拾い集めた結果ミノタウロスの魔核が百十二個キングミノタウロスのものと思われる大きめの魔核が八個、マジックジュエルが一個に魔剣《まけん》が一つ。そして赤い魔核が一つ残されていた。

魔核もだがマジックジュエルと魔剣がドロップしたのは大きい。

売却価格《ばいきゃく》は両方で一千万円は超えるんじゃないだろうか。

問題となったのは赤い魔核だ。まさかここで出るとは思っていなかった。完全に想定外だが出てしまったのでルシェが騒《さわ》いでいる。

「さっきくれるって言ったばっかりだろ！　嘘《うそ》だったんだな。地獄《じごく》に落ちるぞ！」

「いや、あれはみんなの分だから。俺の取り分は三五分の一しかないから。かけら分しかないんだって」

「それじゃあかけらでもいいからくれよ」

「そんな器用に三五分の一だけ切り出せるわけないだろ。また今度俺が見つけたらな」

「う〜っ。今度っていつだ！　次は絶対くれよ！」

「分かってるよ」

あの赤い魔核は以前俺が見つけたものより明らかに大きいので、恐らく三百万円ぐらいはするのでは無いだろうか。いくらなんでも味見のためにルシェに与《あた》えるには高すぎる。

俺としては今度米粒《こめつぶ》ぐらいの赤い魔核が見つかる事を祈《いの》る事しか出来ない。

それでも十万円以上の価値があるはずだ。

「みんな怪我とかない？」

パーティメンバーに声をかけるが、幸いな事にみんな元気そうにしている。

他のパーティに目をやると、前線で戦っていた探索者はそれなりに負傷している者もいた様だが、それぞれが回復アイテムなどを使用して全員無事の様だ。

これだけの数のモンスターを相手に誰一人《だれひとり》欠ける事なく攻略《こうりゃく》出来たので大成功と言っていいだろう。

「それじゃあ十五分休憩《きゅうけい》したら、また順番に戻《もど》るぞ〜！」

ここに着いた時に先頭を受け持っていたパーティリーダーが声を上げたので、十五分休憩してから戻る事にする。

「いや〜なかなか手強《てごわ》かったな。キングミノタウロスに進化するとは思わなかったし」

「海斗、キングミノタウロスってなに？」

「あの赤いミノタウロスだよ」

「あの赤いミノタウロスってキングミノタウロスって言うの？」

「いや、俺が勝手に命名しただけだから正式名称《めいしょう》は分からないけど」

「そう、もし未確認《みかくにん》の個体だったら本当にキングミノタウロスになるかもね。命名者高木海斗ってなるかも」

「モンスターの名前ってそんな決め方だったのか？」

「適当に言ってみただけよ」

十五分間休憩したので、身支度《みじたく》を済ませ連なって地上に戻る事になった。

俺達《おれたち》は定位置の後ろから二番目に陣取《じんど》り出発したが、帰り道は来る時よりもモンスターと遭遇《そうぐう》する回数は少なく、かなりスムーズに進んでいる。

今回エリクサーがドロップしないかとも期待したが、残念ながら期待通りとはいかなかった。

「ヒカリン、今日はかなりの活躍だったんじゃないか。やっぱり敵の数が多いと高火力の魔法の威力はすごいよ」

「ありがとうございます。でもあれは魔法と言うか化学反応と言うか……」

「いいとこ取りですごいって。それと身体は大丈夫？」

「はい。全く問題無いのです」

「そう、良かった」

俺にはヒカリンの言葉の真偽《しんぎ》は分からないが、時間が限られているのは間違いのない事で、こうしてる間にも時間が過ぎていっているのも間違いのない事だ。

幻《まぼろし》とも言われる霊薬《れいやく》なのでそう簡単に見つかるはずはないが、今回のレイドイベントでも手に入れることが出来なかったので内心では少し焦りを感じてしまう。

トラブル無く全員で地上まで戻ってから、ギルドへと向かった。

ギルドで今日の報告を終え、魔核とドロップアイテムの精算をしてもらった。

「皆様《みなさま》本当にお疲《つか》れ様《さま》でした。大きな被害《ひがい》も無く無事に攻略出来たようで何よりでした。報告によりますと、想定していた数よりも敵が多かったり、モンスターがイレギュラーに進化したり色々あったようですが、皆様のお陰《かげ》で攻略することが出来ました。ありがとうございます」

ギルド職員からお礼の挨拶《あいさつ》を受けてから報酬《ほうしゅう》の分配となったが、魔核とドロップアイテムの精算額は、千八百二十万円余りとなった。

魔核の数が多いのと、ドロップアイテムの二つと赤い魔核が高額で売れたのでかなりの額となった。

売却額《ばいきゃくがく》を均等割で支給されたのとは別に今回の報酬である百万円がパーティに支給されたので、この二日間の俺の手取りは七十五万円を超《こ》えている。

初のレイドイベントを経験出来て更にダンジョンの三分の一をオートマッピング。そして思った以上の実入りがあったので今回は言う事なしだ。

ギルドも今回の買取品の売却益《ばいきゃくえき》で依頼料《いらいりょう》の六百万円くらいは賄《まかな》えている気がするので正にＷｉｎ‐Ｗｉｎとはこの事だろう。

二日間の濃密《のうみつ》な時間を終え解散する時になって声をかけられた。

「黒い彗星《すいせい》さん、よかったら連絡先交換《れんらくさきこうかん》しませんか？」

「え!?　連絡先《れんらくさき》？」

例のパーティリーダーが、不意打ち気味に突然の申し出をしてきたので慌《あわ》ててしまい狼狽《うろた》えてしまった。

「はい。電話番号でもメールでもなんでもいいですけど」

「あ、あ〜すいません。教えたいのは山々なんですけどプライベートはシークレットで通してるんで」

「そうなんですか？」

「そうなんです。ちょっと事務所に止められてて」

「そうですか。残念です。事務所に。それは仕方がないですね」

「ごめんなさい。また機会があったらよろしくお願いします」

切羽詰《せっぱつ》まって訳の分からない返しをしてしまったが、何故《なぜ》か上手く誤魔化《ごまか》せてしまった。

まあ、上手くいったからよかったのか？

「さっきの事務所ってなに？」

「いや～。咄嗟に口から出ちゃったんだ」

「プライベートはシークレットって黒い彗星さんってアイドルか何かだっけ」

「自分でも何であんな事言ったのか分からないけど、つい……」

「ついって、そんなことある？　それにしてもよくあれで納得《なっとく》したわね」

「悪い人たちじゃないんだとは思うけど、ちょっと視線が怖かったし」

「確かにファンというか信者っぽい感じはあったのです」

「まあ、どうにかなってよかったよ。それはそうと今度は十五階層攻略するように頑張ろうか。来週から春休みになるし」

「そうね。みんな来週の木曜日から春休みでしょ。週五くらいいける？」

「はい大丈夫なのです」

「私はもう春休みに入っているから大丈夫だ」

「あ～大学生って休みが多いんでしたね」

あいりさんは既《すで》に春休みに入っているそうで、大学生は羨《うらや》ましい限りだ。

来週からの約束をしてから解散して家まで帰ったが、母親に晩ご飯に呼ばれるまでベッドで眠《ねむ》ってしまった。

夢の中の俺は春香と夢のキャンパスライフを謳歌《おうか》していた。

是《ぜ》が非《ひ》でも正夢にしなければと、目覚めた俺は晩ご飯を食べながら心に誓《ちか》った。

第三章 ダンジョンバーベキュー

翌日、いつも通り学校に向かったが今日から学年末テストの結果が返って来る。

今までよりも良い自信はあるが今日だけで四教科くらいは返って来るはずだ。

「おう！」

「おう」

「よっ」

いつものように教室で挨拶を済ませてから自分の席につくと、すぐに真司《しんじ》と隼人《はやと》が話しかけて来た。

「海斗《かいと》、昨日レイドイベント行ったんだな」

「ああ、思ったよりもいろいろ勉強になったし良かったよ」

「それはそうと海斗、お前いつの間にサーバントが増えたんだよ」

「そうだぞ！　俺らにも紹介《しょうかい》しろよ」

「え〜と、何の話？」

「ホーリーティンカーベルだよ」

「はい？」

「ホーリーティンカーベルって何？　初めて聞いたんだけど」

「昨日、探索者《たんさく》の情報掲示板《けいじばん》が『黒い彗星』でお祭り騒ぎだったんだよ」

「は？　何言ってるんだよ。祭りって何のことだ？」

「昨日、レイドイベントクリアしただろ。その時の報告で盛り上がったんだけど、そのネタのほとんどが『黒い彗星』ネタだったんだ」

「もしかしてこの前噂《うわさ》流したあのパーティか？」

「いや、昨日は複数パーティからの情報だよ」

「ホーリーティンカーベルも他のパーティからの情報だぞ」

「いや、だからホーリーティンカーベルって何？」

「昨日のレイドで小さな妖精《ようせい》か天使みたいな姿を見たって。それでついた二つ名がホーリーティンカーベルだよ。小さいけど神々《こうごう》しくてすごい魔法を使うって話題になってるんだ」

「あ〜ルシールの事か。あれはパーティメンバーというか、シルの眷属《けんぞく》なんだ。シルが一時的に召喚《しょうかん》してるだけなんだけどな」

「シル様の眷属？　しかも召喚？　サーバントが召喚使えるのか。やっぱりシル様すごいな」

「それよりホーリーティンカーベルってなんなんだ」

「昨日のお祭りで海斗のパーティの全員に二つ名がついたんだ」

「全員に二つ名？　意味がわからないんだけど」

一体どんな流れで全員に二つ名がつく事があるんだ？

しかも何で俺祭りなんだ？

昨日のイベントは六パーティ合同だったしそこまで目立っては無かったはずだ。

ルシールにしても、数分の間に端《はし》で数回スキルを発動しただけなので、ほとんどの探索者の目には触《ふ》れなかったと思うが、なぜルシールにまで二つ名がついているんだ。

「海斗、昨日の集団戦で活躍しまくっただろ」

「いや、普通に頑張ったけど、俺自体は特別活躍してはないぞ」

「魔法銃《まほうじゅう》の一撃《いちげき》でボスみたいなの倒《たお》したんだろ」

魔法銃の一撃でボスみたいなの？

ああ、弱ってたキングミノタウロスに『ドラグナー』でとどめをさした事か。

「あれは、他の人達《たち》がかなり弱らせてたんだよ。たまたま俺の一撃がとどめになっただけだぞ」

「そうなのか？　でも倒したのは間違いないんだろ。掲示板では青い閃光《せんこう》の一撃で瞬殺《しゅんさつ》したって盛り上がってたぞ」

「瞬殺って、それは俺が加わったのがその時だけで、他の人達がずっと戦ってくれてたからな。かなり事実とニュアンスが違《ちが》う気がするけど」

「まあ、それもあって『黒い彗星』は見掛《みか》け倒《だお》しじゃ無くて本当に凄《すご》いイケメンだったって報告があがってるんだ」

「うそだろ……」

そんな事になってるのか。確かにあの場面だけ切り取ればそう見えない事はないが、勘《かん》違《ちが》いからの過剰《かじょう》な評価が怖すぎる。

「シル様は閃光の戦乙女《おとめ》に決まったよ」

「閃光の戦乙女？　そもそも決まったって何？」

「いやだから掲示板でいくつか候補があがったんだけど、最終的に閃光の戦乙女に決まったんだよ」

閃光の戦乙女か。確かにシルを上手《うま》く言い表しているとは思うが、本人不在で決まったも何もないと思うが。

「シル様は流石《さすが》の活躍だったみたいだな。神槍の一撃に雷撃《らいげき》でミノタウロスを蹂躙《じゅうりん》したそうじゃないか。俺もシル様の勇姿を見てみたかったよ」

「俺もだよ。早くレベルアップしてシル様達と同じイベントに参加出来る様になりたいよ」

「そうか……。まあシルは確かに昨日も活躍してたからな。まあ二つ名がつくのもわからなくはないけど」

シルの場合風貌《ふうぼう》も含《ふく》めて、こういうイベントに参加すれば目立つのはやむを得ないので二つ名は遅かれ早《はや》かれついたかもしれない。

「それはそうと、俺のパーティ全員に二つ名がついたって言ってたよな」

「ああ、全員についてるぞ」

「ペットみたいなのも含めてな」

ペットとはスナッチの事か。

スナッチまで二つ名がついてるのか。もしかしてちょっと目立ちすぎたのかもしれない。

「いちおう、他のメンバーの二つ名を教えてもらっていいか」

「ああ、もちろんいいぞ。まずはルシェ様だけどな、漆黒の炎姫だ」

漆黒の炎姫か。なんか物凄《ものすご》い二つ名だな。確かに黒い服装に黒髪《くろかみ》そして獄炎《ごくえん》で炎姫。確かに間違ってはいないが漆黒の炎姫とは考えた人も凄いな。

「ルシェ様ぴったりだよな。いくつか候補が出てたけどこれですぐ決まったみたいだぞ。

あの圧倒的《あっとうてき》な火力と風貌でシル様に負けずファン急増中だ」

「ああ、そうなんだ。ファンね〜。ルシェのね〜。まあ良いんじゃないか。人それぞれだからな。だけどその人たち絶対にMだな。ベルリアにも何かついてるのか？」

「ああ、師匠《ししょう》は黒の二刀聖だ！」

「黒の二刀聖か。何か黒比率が高くないか？」

「そりゃあ黒い彗星のパーティだからイメージカラーが黒なんだろ」

「イメージカラーって」

「師匠も剣さばきが人間業《にんげんわざ》じゃないって評判だ。さすがは師匠」

「だって人間じゃなくて悪魔《あくま》だからな」

これで俺のサーバントも全員二つ名持ちになってしまった様だ。しかもファンか。面倒《めんどう》な感じしかしないな。

「あとは……」

「ちょっと待て。あとはってまだあるのか？」

「だって全員って言っただろ。海斗のパーティは他にも女の子三人と小動物がいるだろ」

「本当に全員なのか」

「まず小動物はモフモフ爆弾《ばくだん》だ」

「モフモフ爆弾？　それって二つ名なのか？」

もしかして最後に使用したフラッシュボムを見て思いついたのか？　ただ今までと名前の方向性が全く違うので違う人が名付けたに違いない。

「二つ名兼愛称《けんあいしょう》みたいなもんだろ。それでそのマスターの女の子が轟の炎術使い」

「轟の炎術使いか。多分スピットファイアで撃《う》ちまくってたからだな。それにしてもあの戦闘《せんとう》中に他のパーティの後衛までよく見てるな」

「それだけ海斗パーティが目立ってたって事だろ。女の子達は、最初おまけなのかと思われてたみたいだけど実際に戦っているところ見たらそれぞれが凄かったって」

「普通に考えて彼女達がおまけって事はないだろ」

「みんな可愛《かわい》いし、戦闘力《せんとうりょく》が高い様には見えてなかったみたいだ」

「そんなものか？」

「それと背の高い薙刀《なぎなた》の子が令和御前だ」

「令和御前？　何か変な呼び名だな」

「由来は現代の巴御前《ともえごぜん》らしい」

「まあ、現代の巴御前っていうのは納得だけど令和御前か。それってセンスある感じなのか？」

「う～ん。俺もこれはもうちょっといいのがあったと思うけど」

「探索者も男が多いからな。そういうセンスを求めるのは難しいんじゃ無いか」

「そうかもな～」

あいりさんが知ったらどう思うかな。きっと嫌がるだろうな～。でも武術やってるから御前って呼ばれると嬉《うれ》しいんだろうか。

「それで最後は魔《ま》法《ほう》を使う小さい女の子だけど、大魔導少女だ」

「大魔導少女。それも凄いな。融合魔法《ゆうごうまほう》を連発したからかな」

「この子はシル様達に次いで探索者の中で人気みたいだぞ。小さくてアイドルみたいな風貌から訳の分からない爆発魔法《ばくはつまほう》を連発してミノタウロスを混乱の渦《うず》に陥《おとしい》れたって。あんな爆発魔法今まで見た事ないって噂になってるぞ」

見た事無いって当たり前だよな。あれはオリジナルの融合魔法だもんな。

まあヒカリンはアイドルっぽい風貌だし、あれだけバンバン魔法を連発したら目立つよな。

「結構ミノタウロスの集団に押《お》されてたから俺達も余裕がなくて、ガンガン行ったからな～。でも本当によく見てるな。俺なんか戦うのに必死でほとんど他のパーティなんか見てる暇《ひま》なかったけど。俺もまだまだって事かな。もっと頑張らないと」

「いや、それだけ目立ってたら十分だろ」

「そうだぞ。パーティ全員二つ名持ちって凄い事だぞ」

二人共本当にそう思ってるのか？　リアルの世界で二つ名は死ぬほど恥《は》ずかしい。

リアルで黒い彗星さんと呼ばれた時のあのいたたまれなさは言葉にはできない。

二人からとんでもない話を聞かされたあとに、さっそくテストが返って来ている。

朝から出鼻をくじかれた感があったけど、今のところかなりいい点が取れている。

うん。この感じだとこのままいけそうな気がする。

後はいかに春香《はるか》の点数に近い点数が取れるかで来年のクラスが決まってしまうので、もう末吉《すえきち》様に祈るしか無い。

まだ全部帰ってきたわけではないが、俺ができることは何もないので、放課後はいつものようにダンジョンの一階層に潜《もぐ》る事にする。

「昨日はみんな頑張ってくれたおかげで無事に終わって良かったよ。今日からまた頼《たの》んだぞ」

「次は十五階層を踏破《とうは》ですね」

「そうだ。もう少しで春休みになるから、そうなったらパーティで潜る時間も長くなるから一気に行くぞ」

「マイロード、おまかせください、頑張ります」

「そういえば昨日のイベントで俺達結構目立ってたらしくて、三人とも二つ名がついたみたいだぞ」

「なんだよそれ」

「昨日参加してた人の一部だと思うけど三人の呼び名を考えたみたいなんだ」

「ちなみにわたしは何て呼ばれてるんだ？」

「ルシェは漆黒の炎姫だそうだ」

「漆黒の炎姫。ふふっ、わかってるじゃないか。炎姫か、ふふっ。わるくない」

「まあ、姫《ひめ》っぽくはないけど本当に姫だしな。間違《まちが》いではないよな」

「なっ、失礼な奴《やつ》だな。他の奴らの方が見る目あるな。海斗に喚び出されたのが間違いだった！」

まあ戦闘中はそうそう喋《しゃべ》る訳でもないので、他の人から見ると姫に見えたのかもしれない。

黙《だま》っていれば姫に見えない事も無い。

「ご主人様、私も何かあるのですか？」

「ああ、シルは閃光の戦乙女だそうだ。シルにぴったりの名前だな」

「閃光の戦乙女ですか。変な名前を付けられなくてよかったです」

「シルだけじゃなくてルシールも名前がついててホーリーティンカーベルだって」

「ホーリーティンカーベルですか？　ティンカーベルとは何か特別な意味があるのですか？」

「妖精とかのイメージだと思う。多分小さいからそう見えたんじゃないかな」

「妖精じゃなくて天使ですよ」

「それはそうだけど、悪い意味じゃなくて可愛いって意味で名付けたんだと思う」

「そうなんですね」

確かにルシールは言われなければ妖精に見える。よく見ると虫の羽じゃなくて小さな翼《つばさ》がついているので天使と言われると納得だが、あの乱戦でそこまでしっかり見ていた人はいないだろう。

「マイロード、私はどんな呼び名が付いたのでしょうか？」

「え～っと何だったかな……」

「マイロード」

「冗談《じょうだん》だよ。ちょっとからかってみただけだって。ベルリアは黒の二刀聖だったかな」

「マイロードと同じ黒が入っているのは光栄なのですが、せいとはどういうせいなのでし

いう意味だよ」

「言われてみるとおかしいけど、そこまで考えなくていいんじゃないか？　上手い人って
「聖ですか。悪魔の私が聖とはおかしくないでしょうか？」

「聖なるのせいだな」

ようか？」


「マイロード、私は人でも無いのですが」

「まあ難しく考えるな。カッコいい名前が付いて良かったな」

「はい、ありがとうございます」

この三人の二つ名は俺が聞いてもカッコいい名前がついているので本人達も気に入った様で、いつも以上にスライム狩《が》りが順調に進んだ。

春休みにしっかり探索が進められる様に今週は魔核集めに没頭《ぼっとう》する必要があるので今回の名前を付けた人達のネーミングセンスに感謝だ。お陰でサーバント達のモチベーションが上がった様だ。

ただ、なぜ俺は『黒い彗星』だったのか。こればかりは考えた人のセンスを疑ってしまう。

昨日迄《まで》に全てのテスト結果が返ってきて、今日は学年順位の記載《きさい》された用紙を渡された。

俺の順位は四百名中の七十一番だった。

今回の学年末テストの結果が来年度のクラス替《が》えに大きく影響《えいきょう》するはずだが、去年に較《くら》べると成績がかなり向上した。これも勉強を教えてくれた春香のおかげだ。このまま頑張《がんば》れば王華学院も十分射程に入ってくるはずだ。

やれることはやったので後は終業式等を迎《むか》えるだけだ。

「海斗、学年末の順位どうだったんだよ」

「ああ、春香のお陰もあって結構良かったよ」

「俺、なんか山が当たったみたいで想像の遥《はる》か上だったよ。俺の時代が来たみたいだ。来年は海斗達《たち》とはクラスが変わっちゃうかもな」

「俺も前澤《まえさわ》さんと一緒《いっしょ》に勉強したお陰で、今までよりも良かったんだ」

「まあ三年で一緒になるかどうかは分からないけど、一緒になったらよろしくな」

「いや～多分俺だけクラスが違っちゃう気がするな～。なんか悪いな～」

隼人が妙《みょう》に上機嫌《じょうきげん》なので本当に成績が良かった様だ。俺も結構良かったと思うんだけど、そんなに良かったんだろうか？　まさか一桁《けた》だったのか？

春香とも少し話したが春香も結構良かったと言っていたので、余計心配になってしまった。

みんなが一組で俺一人だけ二組とかは勘弁《かんべん》して欲《ほ》しい。

ちょっとブルーになりながらも、放課後には気分を立て直して一階層に潜った。

「海斗〜もっと他の階層に行かないのか？　わたし達この階層だとする事がないんだぞ」

「だったら還《かえ》っといていいんだぞ。無理して付き合ってくれなくても大丈夫だ」

「還る訳ないだろ！　十五階層とか行ってバ〜ンといきたいんだよ」

「バ〜ンとやる訳ないだろ。バ〜ンとやると魔核が必要になるんだよ。ルシェが魔核なしでやってくれるならいくらでも行っていいぞ」

「そんなの無理に決まってるだろ！」

「じゃあ無理だ」

「ケチ」

俺だって可能ならば十五階層の探索を進めたい気持ちもあるが、先立つものが無いと探索を継続《けいぞく》する事もままならないので魔核を集める為の時間は絶対に必要だ。

春休みに潜るのはおよそ十日間くらいだと思うので、その日数分の魔核を頑張って貯《た》めなければならない。

ルシェにばかりかまっていると、ペースダウンしてしまうので、もう放っておくしかない。

今回遊びは封印《ふういん》して一番効率の良いベルリアとのコンビネーションを多用して倒していく。

「そういえば最近レアスライムと遭遇してないな」

「多分、以前よりもスライムを狩《か》る絶対数が減ったからだと思います」

言われてみると以前よりも下層で潜る時間が増えたおかげで、一階層での活動時間が短くなってきているのは間違いない。

それに以前は存在していなかった春香との時間も多少影響していると思われる。

今までレアスライムからのドロップは必ず大当たりだったので、どうにかもう一度ピカピカのスライムに巡《めぐ》り合いたい。

「そうだよな。じゃあなおさら数をこなさないといけないからベルリアもしっかり頼むぞ！」

「はいお任せください。刀の錆《さび》にしてやります」

「そうだな、頼んだぞ」

今ベルリアの言葉を聞いてふと思ったが、刀の錆にしてやりますとは不思議な言葉だな。

もちろん聞いたことはあるフレーズだが、刀の錆にするということは結果として刀が錆《さ》びるということではないのか？

どんどん斬《き》って刀の錆がどんどん増えていくと最終的に刀は錆びて使えなくなるのでは無いだろうか?

言葉としては使うと何となくカッコいい感じがするが、実際には刀の錆にしちゃダメなんじゃないのか?

下らない事だがベルリアの言葉を聞いて急に気になり始めてしまった。

もしかして俺《おれ》の思っているのとは別の意味があるのかもしれないので、帰ってから意味を調べてみようかな。

放課後一階層に潜りようやく土曜日となったので、パーティメンバーが集まって本格的に十五階層に臨《のぞ》む事となった。

先週レイドイベントで他のパーティについて回っていたので既に三分の一付近迄はマッピングも終わっている。

ある程度出現するモンスターも把握《はあく》出来ているので全く未踏《みとう》のダンジョンよりは安心だが、気を抜《ぬ》かずに細心の注意を払《はら》って進んでいきたい。

「みんなちょっといい? みんなは探索者のネットワークとか全然興味ないんだよね」

「ないけどそれがどうかしたの?」

「あ〜それが、この前のレイドイベントで界隈《かいわい》が盛り上がったみたいでみんなにも二つ名がついたそうです」

「二つ名？　私達三人共に？」

「うん、そうみたいだな」

「ちなみに私は何？」

「ミクは轟の炎術使いだそうだ」

「轟の炎術使い？　私炎術なんか使えないんだけど」

「多分スピットファイアで撃ちまくってたからそれでじゃないかな」

「ふ〜ん。悪い感じはしないけど素で呼ばれると恥ずかしいわね」

いや轟の炎術使いってかっこいいじゃないか。黒い彗星の方がずっと恥ずかしいぞ！

「ミクさんはかっこいい呼び名ですね。私はなんですか？」

「ヒカリンは大魔導少女だ！」

「大魔導少女ですか。何かすごく大袈裟《おおげさ》な名前なのです。男の人のセンスですよね。あんまり可愛くないのです」

「融合魔法を使ったからだと思うし、イメージ的にぴったりだと思うけど」

「私は何になったんだ？」

「あいりさんは、令和御前だそうです」

「急に古風になったな。令和御前とはまた」

「薙刀使っているので、現代の巴御前のイメージで令和御前だそうです」

「巴御前をイメージしてもらうのは嬉しいが令和御前か」

まあ、あいりさんの気持ちも分かる。俺が聞いても微妙《びみょう》な呼び名だとは思う。知らないところで令和御前と呼ばれるかと思うと微妙な気持ちになっても仕方がない。

「一応スナッチにもあって、モフモフ爆弾だ」

「それって二つ名って言うの？　ただのあだ名じゃないの」

「そうとも言えるかも」

十五階層をしばらく進んでいくとケンタウロスが三体出現した。

前回交戦したおかしな姿の亜種《あしゅ》ではなく本物っぽいケンタウロスだったので少し安心してしまった。

弓を持つのが二体と槍持《やりも》ちが一体だ。

「ミクとヒカリンは弓を持ってるやつを牽制《けんせい》してくれ。ベルリアとあいりさんで槍持ちを頼みます。シルは『鉄壁《てっぺき》の乙女』を使ってくれ」

相手が飛び道具を持っている以上、後衛の二人への直接攻撃《こうげき》だけが心配なのでシルにまかせる。

二人が前に出ようとした所を思った通り弓を持った二体が攻撃してきたが、飛んできた矢が燃えているので矢に炎を付与《ふよ》する魔法か何かを使っているのだろう。

炎を纏《まと》っただけなら当たらなければ問題無いが、本来点の攻撃である矢での攻撃がファイアボール程度の範囲《はんい》の炎の矢となって迫《せま》ってくるので、大きくよけなければならなくなった。

後方からミクとヒカリンがケンタウロスに攻撃をかける。ヒカリンが『アースウェイブ』で足止めをしてミクがそれを狙《ねら》い撃ちにする。もう一体の方は俺が受け持ちバルザードの斬撃を放つ。

本当は『ドラグナー』も使いたい所だが、消耗《しょうもう》の激しい『ドラグナー』を頻繁《ひんぱん》に使っていてはＭＰ切れを起こすのは目に見えているので、ここはバルザードを主体に攻撃を組み立てる。

俺が攻撃した個体は攻撃対象をベルリア達から完全に俺に切り替《か》えた様なので、慌てて距離《きょり》をとる。

「海斗、やったわよ」

ミクの声に反応してもう一体の方に視線をやるとケンタウロスの一体が既に消失してい

た。

「ヒカリン、俺の方にも『アースウェイブ』を頼む。ミクはベルリア達のフォローを頼んだ」

既にベルリアとあいりさんは前方で槍持ちと交戦状態に入っているので、命中精度の高いミクにまかせた方が良いと判断してフォローを頼む。

俺がこの位置から狙うと最悪ベルリアに直撃《ちょくげき》しかねない。

ベルリアなら直撃しても死ぬ事はないと思うが一応念のためだ。

俺の相手にはヒカリンが『アースウェイブ』を放ってくれたので、四つ足の機動力は完全に削《そ》がれており、後は慎重《しんちょう》にしとめるだけだ。

抜け出そうと足掻《あが》きながら炎を纏った矢を射《う》って来たが、足を取られているせいで、精度が低く容易に避けることが出来た。

矢を避けながら近づき、一気に懐《ふところ》に入りケンタウロスの足の一本に向かって一閃《いっせん》する。

「グアッ」

足の一本を失ったケンタウロスは完全に動きが止まり無防備となった。

「おあああっ！」

がら空きとなった胸部へとバルザードを突《つ》き入れて消失させる事に成功する。

ベルリアもミクとの連携《れんけい》でダメージを与《あた》えながら『アクセルブースト』でとどめをさした。

「ふ〜やっぱり、十五階層だけあって強いな。豚《ぶた》といい油断出来ない」

「それにしても幻獣《げんじゅう》エリアといいながら豚、馬、牛って家畜《かちく》エリアみたいになってきてるわね」

「言われるとそうなのです」

「モンスターミートがドロップすれば美味《おい》しいかもしれないな」

あいりさんの言う通りだ。今まで得体の知れない様なモンスターの肉でもあれほどに美味しかったのだから豚や牛ならイベリコやA5ランクを遥かに凌《しの》ぐ美味しさかも知れない。

ただ馬は食べたことが無いので味の想像がつかない。

「みんな馬って食べたことがある？」

「私はあるのです。赤身でさっぱりした感じで美味しいのです」

「そうなんだ。じゃあモンスターミートだと……う〜んやっぱり想像できないな」

「海斗も今度馬刺《ばさ》しとか食べてみたらどうだ」

「馬刺しですか？」

「ああ熊本産とか最高だぞ」

「なんか高そうですね」

「そうでもないぞ」

あいりさんのそうでもないは、俺にとってはそうでもある可能性が高い気がする。

そこから数度戦闘《たびせんとう》をくりかえして一時間半程で前回の到達点《とうたつてん》である扉《とびら》の所迄来ることが出来た。

前回は二時間半ぐらいかかったので、単独パーティの方がかなり進行スピードは早い様だ。

『ゲートキーパー』を使える俺達《おれたち》には関係無い話だが、十五階層を超えてくると二十階層のゲートエリア迄の中間層でかなり時間をくってしまうので泊《と》まり込《こ》みでの探索が増えるらしい。

その場合キャンプセットを用いる事が多い様だが、当然荷物が嵩張《かさば》るのでマジックポーチは必須《ひっす》となる。

流石にキャンプセットを担《かつ》いで戦闘は無理だ。

前回攻略《こうりゃく》することに成功した隠《かく》し部屋だが、不思議な事にしばらく時間が経過するとまたモンスターが出現する様になるらしい。

ただ出現するモンスターは、最初のボスモンスターでは無くランクの落ちるモンスターが出現するらしく、強さも劣《おと》り、特別なドロップアイテムが出る事も無くなるらしく最初の踏破者だけが苦労する分見返りも大きいという事らしい。

前回到達《とうたつ》地点から十五分程歩いた所でシルが敵の出現を知らせてくれた。

「ご主人様、敵モンスターが、高速でこちらに二体向かってきます」

「シル、『鉄壁の乙女』を頼んだ」

未知のモンスターかも知れないので念《ねん》の為《ため》に『鉄壁の乙女』を発動してもらい、全員サークルの中で待ち受ける。

現れたのは白い馬と白黒のシマウマの二頭だが頭にはしっかり角が生えているのでユニコーンの一種なのだろう。

しかしこの前のケンタウロスの亜種といいこの階層はシマウマ率が結構高い気がする。

白い方のユニコーンはユニコーンとしての風格もそれなりにあるのだが、シマウマの方はユニコーンと言われてもいまひとつピンと来ない。

ただ馬のモンスターなのでもしかしたら馬肉のモンスターミートをドロップするかも知れないと思うと自然とテンションが上がってしまった。

『鉄壁の乙女』の中で考えに耽《ふけ》っていると、シマウマユニコーンの角が一瞬《いっしゅん》光った次の瞬《しゅん》間《かん》『鉄壁の乙女』のサークルに雷《かみなり》と思われる攻撃が襲《おそ》い掛《か》かった。

「うあっ」

危ない。モンスターミートの事を考えている場合じゃない。

「みんな、雷系の魔法だ！　ヒカリン『アースウェイブ』を白い方にかけて。ルシェはシマウマの方を頼む。ベルリアは魔核銃《まかくじゆう》で足止めを」

ケンタウロスが使う炎の矢とかであれば、出所が見えているので集中していれば避ける事は可能だが、ユニコーンの使った雷系はシルの雷撃と威力《いりよく》こそ違うものの突然《とつぜん》頭上から雷が降ってくる感じなので、常時移動して避けるか、盾《たて》などの防具に頼《たよ》るしかなさそうだ。

すぐにヒカリンが『アースウェイブ』を仕掛《しか》けて白いユニコーンの動きを封《ふう》じる。

動きが鈍《にぶ》ったユニコーンに向けて、俺、あいりさんとスナッチが一斉《いっせい》に遠距離《えんきより》攻撃《こうげき》を仕掛ける。

動きが鈍った所に二人と一匹《ぴき》からの攻撃をほぼ同時に受けたユニコーンはなす術《すべ》なく消失した。

シマウマの方は、ベルリアが魔核銃で足を狙い動きを限定した状態でルシェが『破滅《はめつ》の獄炎』を使って、一気に焼き払う事に成功した。

やはり、四つ足のモンスターは動きを止めてからしとめるのが一番効率が良いようだ。

ヒカリンの『アースウェイブ』はこのタイプのモンスターには相性《あいしょう》が抜群《ばつぐん》だ。

「この先初見のモンスターはどんな攻撃をしてくるか分からないから、シルの『鉄壁の乙女』を積極的に使っていこうか。シマウマの方もスキルを発動する前に倒せたけど何かのスキルを持ってた可能性が高いから」

「残念だけどモンスターミートはドロップしなかったみたいね」

「あ〜それは仕方ない。この先で手に入ったら良いけど、今までで二回しか手に入った事ないんだから」

「海斗さんとパーティを組んでから極端《きょくたん》にモンスターミートのドロップ率が下がったのです」

「それは気のせいだって」

「いや私も以前はもっとドロップしていたな」

「たまたまですって」

これ以上深い話になっても追い詰《つ》められるだけなので、話もそこそこに先に進んでいく。

やっぱり俺のせいだよな。ドロップ率の下がる運命って不遇過《ふぐう》ぎる。

十五階層は、これまでの階層と比較《ひかく》してもい至ってノーマルな感じだ。特に湿度《しつど》や温度が極端な訳でも無く進み易《やす》い。

「マイロード、足下《あしもと》に気をつけてください」

「そこにスイッチがありますので踏《ふ》まない様にお願いします」

「えっ？　何を？」

「スイッチ？」

ベルリアの指す床《ゆか》をよく見ると、床の一部がほんの少しだけ飛び出している。普《ふ》通《つう》に歩いていたら絶対に気がつかないレベルの出っ張りだ。

「これってスイッチなのか？」

「はい、おそらくは」

「ルシェ、気がついてたか？」

「あ、あたりまえだろ。だ、誰《だれ》に言ってるんだよ」

これは完全に見落としてたな。同じサーバントでも能力にかなり偏《かたよ》りがあるのが、面白《おもしろ》いというか不思議な感じだ。

いや、もしかしたら単にルシェがドジなだけか。

いずれにしても十五階層にはトラップがあるようなので、ここからはベルリアを先頭にして細心の注意を払って進んでいく事にする。

「ルシェは前科が何回もあるからな。絶対に踏まない様に気をつけてくれよ」

「うるさいっ！」

「カチッ……」

あ……。

今足で何か踏んだ……。

ルシェを注意したら俺が踏んだ……。

踏んでしまった。

「おい、海斗今何か音がしなかったか？」

「あ～うん。俺が踏んだみたい」

「踏んだって何をだ？」

「あ～多分トラップ」

「は？　トラップ？　何にも起こらないぞ」

「マイロード、足を上げた瞬間に発動するタイプのトラップかもしれません」

「ベルリア、トラップに気がつかなかったのか？」

「申し訳ありません。全てに気がつく事は非常に難しいのです」

言ってる事は分かるけど、なんで俺ばっかり。

「ご主人様、何かあっても必ずお護《まも》りしますから」

「シルありがとう。みんな足を上げてみるよ。ヤバかったら助けてください。頼んだぞ！」

俺は意を決してスイッチを踏んでしまった足を上げたがその瞬間足下が急に沈《しず》み始めた。今の今まで普通に立っていたのに足下の地面が突然硬度《とつぜんこうど》を失い、沼《ぬま》と化し俺の自重でどんどん沈み始めてしまった。

全く踏ん張りも利かず、沈んだ部分が泥《どろ》の粘度《ねんど》でほとんど動かせない。

これは自分では無理だ。沈み切る前にみんなに助けてもらうしかない。

「う～っ。全く抜けそうにない。悪いけどロープで引っ張って助けてくれ～」

本来であれば沼に沈んでいくという絶体絶命のシチュエーションだが、今の俺に焦《あせ》りはない。

以前隠しダンジョンに落ちた経験からマジックポーチを持つ三人にロープを常備してもらっていたからだ。

「それじゃあ行きますよ～」

ヒカリンがマジックポーチからロープを取り出してこちらに向かって放り投げてくれるが、既《すで》に俺の体は腰《こし》のすぐ下まで沈んでしまっているので余り猶予《ゆうよ》は無い。

目の前に投げられたロープを掴《つか》み、みんなにお願いする。

「それじゃあお願いします」

ロープを持ったヒカリンが頑張って引っ張ってくれるが全く動く気配は無いので、ミクとあいりさんも加わって引っ張ってくれる。

三人で引いてもらうと沈下《ちんか》は止まり徐々《じょじょ》にではあるが引き上げられて来ているのを感じる。

「コンッ……」

ん⁉　気のせいか？

微妙《びみょう》にだが今何かが足に触《ふ》れたような気もするけど、沼の中に石でも交じっていたのか？

少し気にはなったが、今はそれよりも抜け出す事が先決なのでロープをしっかり掴んで力を込める。

「ゴンッ」

やはりおかしい。完全におかしい。何かがあたった。さっきは気のせいかと思ったけど、今度は完全に何かがあたってきた。

「お～い。なんかおかしい。何か居るかも。早く引っ張ってくれ！」

「何かって何よ」

「分からないけど足に何かがあたって来たんだ」

「沼の中にサメでもいるのか？」

「ありさん怖《こわ》い事言わないで下さい。ベルリアも手伝え」

ベルリアも加わると一気に浮揚《ふよう》感が増したのでもう大丈夫《だいじょうぶ》だろう。

「うわっ！」

そう思った瞬間右足首を何かに掴まれてすごい力で引っ張られた。

「やばい！　やばい！　何かに掴まれた！　足が足が……掴まれた〜！」

恐《おそ》らくは見えない敵。ダンジョントラップにより出現した濁《にご》った沼。その中に潜《ひそ》む何者かに突然足を掴まれて下に引っ張られる。

冗談ぬきでやばい。

「沼に引き摺《ず》り込まれる〜！」

俺の異変に気がついたメンバーも先程《さきほど》までの安穏《あんのん》とした表情ではなくなり、必死にロープを引いてくれるが、残念ながら引き込む力の方が強いようで、俺の身体はだんだん沈み込んでしまっている。

「シル、ルシェも頼む！　やばい！」

沼に引き摺り込まれるって何かのホラー映画のようだが、引き込んでいるのは恐らくモンスター。そしてこのドロドロの沼に引き摺り込まれたら間違いなく死んでしまう。

助けてくれ〜！

シルとルシェも加わった事で、再び沈下が止まり浮遊《ふゆう》に転じたが足が痛い。掴まれた部分が猛烈《もうれつ》に痛い。足が取れる！

「痛いっ！　足がっ！」

「そのぐらい我慢《がまん》してください」

「そのぐらいって、足が取れる……」

「海斗さん。大丈夫なのです。人間の足はそんな簡単に取れないのです。しかも海斗さんはレベル補正でステータスもアップしてるのです。絶対に取れません。安心してください」

「そうかも知れないけど痛い」

ヒカリンの言う事も分かるが、痛いんだ～！　なんか股関節《こかんせつ》が引っ張られてミシミシ言ってる気がする。

「ううっ～」

痛みに耐《た》えながら全身に力を込めてロープにしがみつくが徐々に引き上げられていく。

一時胸の辺りまで沈んでいたのが今は腰の辺りまで浮《う》き上がってきている。

ただ未《いま》だに足は沼の中で動かせない上に上半身もロープにしがみつくので精一杯《せいいっぱい》なので完全に身動きが取れない。

「あと少しですよ。頑張って下さい」

「俺の足にモンスターが付いてると思うから、俺を引き上げたらすぐに攻撃を頼む！」

「マイロード、お任せください」

沼地《ぬまち》なのでベルリアの直接攻撃よりもミクに狙い撃《う》ってもらった方が良い気もするが、この際どっちでもいいから早く助けてくれ～。

俺の足が悲鳴を上げている。

そして俺の腕《うで》も悲鳴を上げている。

ロープを掴む手と、得体の知れない物に掴まれている俺の右足は既に限界を迎えている。

「大分抜けてきた。あと少しだ頑張ってくれ」

あいりさんが俺に声をかけてくれるが、俺はロープにしがみつくのに必死で返事を返す余裕《よゆう》が無い。

更《さら》に引っ張ってもらいどうにか膝《ひざ》まで出る事が出来たのであともう少しだが、俺の足を掴んでいる奴も一緒に出てくるはずだ。

「もうすぐです」

「ああ」

ヒカリンの声と共に遂《つい》に足首の所まで抜けたが、掴まれている所に目をやると、泥に塗《まみ》れてはっきりとは分からないが、人型の手のようにも見える。

ベルリアが臨戦態勢を整えて他のメンバーが更に力を込めて引っ張ってくれる。

「きゃ〜！」

「ひっ！」

ヒカリンとミクの悲鳴が聞こえた瞬間《しゅんかん》俺《おれ》も息を呑《の》んで強張《こわば》ってしまった。

俺の足に連なって現れて来たのは、泥に塗れた腕とドロドロの長い黒髪《くろかみ》。

手の感じから人型なのはある程度予測出来ていたが、現れたモンスターは想像していた以上に人型だった。

ドロドロのロングヘアーの女性のようなモンスターが現れた。

全身が現れたわけでは無いのではっきりとは分からないが、恐らくグールか何かのモンスターだ。

沼の中から黒髪の人型モンスターが現れる様は、まさにホラー映画そのものだ。

しかも掴まれているのは俺の足なので気が気では無い。

「べ、ベルリアッ！　早く斬ってくれ」

『マイロード、残念ですが完全に沼地から上がって来てもらわないと斬れません』

「なにをっ……ミクッ頼《たの》んだ。スピットファイアで焼き払ってくれ！」

「で、でも」

ない。

「いや、でもじゃないって。やってくれ。やって下さい。俺が、俺の足が～」

俺の必死のお願いにも拘《かか》わらず、ミクは顔を引き攣《つ》らせスピットファイアを撃ってくれない。

シルとルシェは平気のようだが、この二人のスキルは完全に俺も巻き込まれてしまうのでダメだ。

「私がやろう」

「お願いしますっ！」

あいりさんから天の助けが聞こえて来た。

『アイアンボール』

あいりさんからモンスターの頭に向けて鉄球が放たれた。

「グシャッ」

潰《つぶ》れる音がしたので足下を見ると、モンスターは俺を掴んでいたのとは逆の腕で、鉄球を防いでおり、腕は損傷しているものの、未だ健在だった。

「ミク～ッ！」

やはりゾンビ系のモンスターは物理攻撃にはかなりの耐性《たいせい》を持っているようなので火だ。火しかない。

俺の悲痛な叫《さけ》びが届いたのか引き攣った顔は変わらないもののミクがスピットファイアの引き金を引いてくれた。

火の弾《たま》が俺の足下へと飛んできて、モンスターは先ほどと同じように破損した腕で防ごうとしたが今度は防いだ瞬間に引火したようで、モンスターの腕が燃え始めた。

「ギイイイイィイイ～」

今まで聞いた事の無い叫び声を発して、腕をバタバタしているので効果があったのは間《ま》違《ちが》いないが未だ俺の足を持つ手を放してくれない。

このままでは俺にまで引火してしまう。既に俺の下肢《かし》はかなりの熱を感じていてこのままではやばい。

「ミク、頭だ。頭を狙ってくれ！」

「わ、わかったわ」

意を決したミクが再びスピットファイアの引き金を引き、今度は両手を使えなくなったモンスターの頭部に火球が見事命中した。

「ギイイイイィイイヤ～」

再びこの世のものとは思えない叫び声が上がり、今度は髪《かみ》の毛にも引火して一気に頭部が燃え上がった。

片腕《かたうで》と頭部が盛大《せいだい》に燃え上がっているが消失には至っておらず、まだ俺の足首は掴まれたままだ。

しかも頭部が燃え上がったせいで、さらに火力が増してブーツの裏が猛烈に熱い。

これ完全に靴底《くつぞこ》が溶《と》けだして来ている気がする。

もう一刻の猶予も無い。

ベルリアは頼りにならない。

こうなったら足が燃えてしまう前に自分でどうにかするしか無い。

俺は覚悟《かくご》を決めて、しがみつく様に両手で持っていたロープから片手を離《はな》してバルザードを素早《すばや》く構えて足首を持っている腕をめがけて斬りつけた。

鈍い抵抗《ていこう》感があり、その抵抗が無くなったと同時にそれまで感じていた重みが消え、俺は一気に安全地帯まで引き上げられた。

慌《あわ》てて後方の沼を見るが、モンスターが燃え上がりながらも沼から這《は》い出て来ようとしていた。

怖い。完全にホラーだ。

「ルシェ焼《や》き払え！　いそげ！」

「わかったよ。しぶとい奴《やつ》は嫌《きら》いじゃないが燃えてなくなれ、『破滅の獄炎《ごくえん》』」

「ギイイイイィイイアアアアアア～」

ルシェの獄炎がモンスターを包み込み、断末魔《だんまつま》の叫びをあげながらモンスターは消滅《しょうめつ》した。

「助かった……。何だったんだあれ。あれってグールなのか？」

「グールっていうより化け物でしょ」

「あれ幽霊《ゆうれい》じゃないのですか？　凄《すご》く怖かったのです」

「私も動けはしたが恐怖《きょうふ》を感じる相手だったな」

見た目と登場の仕方もホラー映画さながらで恐ろしかったが、今までになく精神にダメージを強く受けた気がする。もしかしたら精神系の恐怖を与えるスキルを発動していたのかも知れないが今思い出しても背筋が寒くなる。

「マイロード、ご無事で何よりです。もう少しこちらに来れば刀の錆びにしてやったのですが」

「ああ、そう……」

罠《わな》の探知も含《ふく》めて今回は全く役に立たなかったなベルリア。

どうにか助かって良かったが掴まれていた足首が痛い。

まさか掴まれたところから呪《のろ》われたりしないよな。

「ベルリア、念のために治療《ちりょう》を頼む」

「はい、お任せください。『ダークキュア』」

「ベルリアの『ダークキュア』って呪いに効果ある？」

「マイロード、残念ながら呪いには効果はありません」

「そうか。でもみんな本当に助かったよ。ありがとう」

「ロープ持っといてよかったわね」

「ああ、やばかった。罠には要注意だ。以前くらった電撃《でんげき》に次ぐやばさだった」

「海斗、電撃のトラップにかかった事あるの？」

「前にね。あれは本当に死ぬかと思ったよ。完全に意識がなくなったし。なあルシェ」

「こ、今回はわたしのせいじゃないからな。それにあれはまだダンジョンに慣れてなかったんだ。だからセーフだぞ」

「まあ、そういう事にしとくけど、セーフって。ヒカリン、泥を落としたいんだけど『ウォーターキューブ』を頼めるかな」

「はい」

　沼に引き込まれたせいで胸から下がドロドロなのでヒカリンの魔《ま》法《ほう》で洗い流してもらう事にした。

水の塊《かたまり》の中に自分から飛び込んで汚《よご》れを洗い流す。

「ふ～っ、これで綺《き》麗《れい》になったかな」

「……」

みんなの反応が薄《うす》い。まだどこか汚れているのか？

「どうかした？　後ろとかまだ泥が残ってる？」

「いえ、泥は綺麗に落ちているのです。ただ……」

「海斗、お前臭《にお》うぞ！　臭《くさ》い」

「えっ⁉」

「ヘドロ臭い。腐《くさ》った臭いがする」

ヒカリンのおかげで沼の泥は綺麗に落ちたようだが臭いまでは落ちなかったようだ。

「みんな申し訳ないんだけど、今日はこれで切り上げても良いかな」

今日はもう少し先まで行く予定だったので、みんなには申し訳ないが、他のメンバーも臭いが気になったのか、全員が快く賛同してくれた。

『ゲートキーパー』を発動して一階層のゲートまで飛んだが、移動の時に手を繋《つな》ぐのを一《いっ》瞬《しゅん》躊躇《ちゅうちょ》されてしまったのが思いの外ダメージ大だった。

モンスターによる精神ダメージと合わさってもうフラフラだ。

臭いのひどいまま装備をロッカーに戻《もど》す訳にもいかないので、ビショビショの状態で家に帰ったが流石《さすが》に目立ってしまい周囲の視線が痛かった。もしかしたら臭いも伝わってしまっていたかも知れない。

家についてから装備を風呂場《ふろば》で脱《ぬ》いで洗濯洗剤《せんたくせんざい》を多めに振《ふ》りかけて何回も洗い流してみたが、なかなか臭いは取れない。

明日もダンジョンに潜《もぐ》る予定なのでどうにかして臭いを取らなければならない。

家には無かったので消臭剤《しょうしゅうざい》を買いに行く事にしたが、火に炙《あぶ》られたブーツの底が溶けて変形してしまっていたので一緒《いっしょ》に買っておいた。

「何か匂わない？」

「いい匂いですけど、きつい香水《こうすい》みたいな匂いなのです」

「あ～それ、俺です。昨日の臭《にお》いがどうしても取りきれなかったから、消臭芳香剤《しょうしゅうほうこうざい》を買って一本使い切ったんだ。臭《くさ》いよりは良いだろ」

「あ～あの臭《にお》いきつかったもんね。もう落ちないようにしないと」

「私もあれに足を掴まれたら怖すぎるのです」

「４Ｄホラーの決定版の様だったな」

「トラップで落ちなきゃ大丈夫ですよ」

「そう願おう」

気を引き締《し》めて再び十五階層の探索《たんさく》を進める事にする。

扉のある三分の一を越《こ》えて、昨日の罠があった位置まで来たが、昨日出現した沼は既に無く普通の地面に戻っていた。ただよく見ると罠のスイッチは昨日と同じ場所に存在していた。

流石に試《ため》してみる気は無いが、スイッチが消えてない所を見るとこの罠は何度でも再利用可能なのだろう。

罠のある場所もきっちりマッピングしておかなければ、気を抜《ぬ》いた頃《ころ》にまた引っかかりそうで怖い。

「昨日はここまでだったけど、ここから先ももしかしたら罠とかあるかも知れないから気をつけて行こう」

「特に海斗がな」

ルシェがぼそっとつぶやいてくるが今回ばかりは反論できない。

慎重に先に進んでいくと、いくつか罠らしきものを確認《かくにん》する事が出来たので、この周辺はやはり罠が密集しているようだ。

慎重に進めばベルリアもいるのでいけそうだが、一番の問題はこのエリアでモンスターが出現した場合、意識して罠を避けながら戦闘《せんとう》する事ができるとは思えない。

万が一戦闘中に沼にはまってしまったらそのまま引きずり込まれてしまう危険性もあるし一刻も早くこのエリアを抜けたい。

「ご主人様、敵です。前方から三体きます」

心配していたらここで敵か。

「動きながら戦うのは危な過ぎるから、その場に留《とど》まって遠距離攻撃のみで倒《たお》そう。シルとルシェも頼んだぞ」

俺達はよく足場を確認してから敵を待ち受ける。

しばらくすると大型の鳥の羽ばたきのような音が聞こえてきたので注視していると、前方から現れたのは二体の馬と一体の巨大《きよだい》なこうもり。

馬も普通の馬では無く背中に生えた翼《つばさ》で空を飛んでいるので、おそらくはペガサスだろう。

三体で空を舞《ま》いながらこちらに迫ってくるが、突然身体に違和感《いわかん》を感じ、視界が歪《ゆが》んで目が回る。

なんだ？

足下も何故《なぜ》かぐらぐらする。地面が揺《ゆ》れているのか？

歪む視界の中、慌てて他のメンバーに目をやるが、ベルリアとあいりさんも俺《おれ》同様異変を感じているようで、その場に踏ん張る為構えを解いているが、何故か後方のメンバーに変わった様子は無い。

どうやら地面が揺れているのでは無く俺自身に不調が現れているようだ。

考えられるのは一つしかない。敵モンスターのスキル。

そう考えているうちにも揺れが酷《ひど》くなって気持ち悪くなってきた。

「シル……『鉄壁《てっぺき》の乙女《おとめ》』を頼む」

俺はどうにかシルに指示を出して光のサークルを出現させた。

光のサークルに包まれたと同時に状態の悪化は止まった気がするが、まだ気持ち悪い。

「ベルリア、『ダークキュア』いけるかっ！」

「マ……イロード……。もう……し……」

聞き取りづらいがベルリアは完全にダメだと言う事は理解出来た。

どうやら俺よりも症状《しょうじょう》が重いらしい。

「海斗どうしたのっ？」

「ああ、敵のスキルだと思う。多分こうもりの方。俺もしばらく無理だから、ルシェと一緒に頼んだ」

「わかったわ」

あ～目が回ってきた。

俺はミク達《たち》にまかせてその場に座《すわ》り込んだ。

横に目を向けるとベルリアとあいりさんも座り込んでいたが、後方のメンバーは全員無事のようだ。

おそらく、大型こうもりの超音波《ちょうおんぱ》か何かのスキルで三半規管にダメージを受けたのではないだろうか。

日に見えないだけに手立ては限られるが『鉄壁の乙女』は超音波も防いでくれる様だ。風系のスキルも防いでくれるので超音波が防げるのも納得《なっとく》だが、さすがはシル。

「くっ……不覚」

ベルリアが悪役然としたセリフを呟《つぶや》いているが、思った以上にベルリアはこういう感じの攻撃《こうげき》に対する耐性が薄い気がする。

悪魔《あくま》のくせに明らかに俺よりもダメージを受けていて全く役に立ちそうには無い。

空を飛ぶ三体に対し、ミクとヒカリンが火球と炎雷を放って、大こうもりにダメージを与える。

三体の中では一番動きが緩慢《かんまん》なので狙《ねら》い易く二人の攻撃も着実に当たっている。

「馬が調子にのって空を飛んでるんじゃないぞ！　堕《お》ちろ！　『黒翼の風』」

ルシェがスキルを発動すると右手を飛んでいたペガサスが風に刻まれ肉塊《にっかい》と化して消滅《しょうめつ》してしまった。

やはりルシェの攻撃は威力は高いものの、その様は結構グロテスクで美しくは無い。

ペガサスの一体が倒されたせいか残された一体が猛然《もうぜん》と攻撃を仕掛けて来た。

ルシェへの仕返しのつもりなのか、たまたまなのかは分からないが、風の刃《やいば》と思《おぼ》しき攻撃が光のサークルを何度も切りつけてくる。

風系の魔法は他の属性に比べると地味な印象があるが、ほとんど見えないので暗殺とかには最適かもしれない。

「もしかして、わたしの真似《まね》ごとをしているのか？　馬のくせに生意気な。馬のそよ風なんかが効くわけないだろ。これが本物の風の刃だぞ。よく見て勉強してから堕ちろ！　『黒翼の風』」

再びルシェがスキルを発動すると風が集約してペガサスは切り刻まれ消失してしまった。

ルシェが二体目のペガサスを倒すのとほぼ同時に、ミクとヒカリンが大こうもりを消滅させる事に成功した。

「ようやく倒せたわ。こうもりって侮《あなど》れないわね。三人が戦闘不能になるなんてね」

「多分超音波か何かだと思うけど、まだ地面が揺れてる」

「それにしてもあれだけ大きいと、ドラキュラとかになってもおかしくないですよね」

「ドラキュラか。もしかしてこの階層でも出るのかな」

「それはわからないですけど、大きなこうもりってドラキュラのイメージなのです」

「まあ、言われてみればそうかもな。それで申し訳ないんだけど、ベルリアがスキルを使えるまでここで休憩《きゅうけい》させてもらうよ。俺もこのまま進むのはちょっと無理だから」

休んでいる間にモンスターに襲われる危険性も無くはないが、シルがいるのでまあ大丈夫だろう。

「どうだ？　ベルリアいけそうか？」

「……も……う。だい……じょう……ぶです」

うん、まだダメだな。これは、しばらく休ませてもらうしか無い。

「あいりさんはどうですか？」

「あ、ああ。大分良くはなって来たが、まだ気持ち悪いな」

大こうもりの攻撃は地味だが効果は絶大だった様で、俺以外の二人も回復までまだかかりそうだ。

「あっ！　海斗さん、あれ。モンスターミートですよ」

そう言ってヒカリンがモンスターの消失した場所に向かって行って、肉の塊《かたまり》らしきものを持って帰って来た。

「お～っ！　やった！　それってこうもりとペガサスどっちのかな」

「多分落ちていた場所から判断するとペガサスのモンスターミートだと思うのです」

「おお～。昨日ユニコーンは馬だって言ってたけど、ペガサスも馬だよな」

「そうだと思います」

「馬は美味《おい》しいって言ってたよね」

「馬は美味しいのです」

「じゃあペガサスのモンスターミートって美味しいよね」

「間違いなく美味しいと思うのです」

今までゲテモノの様なモンスターミートでも絶品の味わいだったのだから元来美味しい馬のモンスターミートの味はどれ程《ほど》のものだろうか？　考えただけでもよだれが出そうになる。

「わたし達にも食べさせろよ！　わたしが倒したんだからな」

「え⁉　ルシェってモンスターミートって食べれるのか？」

「当たり前だろ！　モンスターは魔界《まかい》にもいるんだから食べれるに決まってるだろ」

「えっ、そ～なの。じゃあシルは？」

「魔核程《まかくほど》ではないですが、嫌いではないです」

「そうだったんだ。知らなかったよ」

サーバントがモンスターミートを食べる事が出来るとは知らなかった。幸いにも今回のモンスターミートはかなり大きめなのでサーバントに分けても十分食べ応えがありそうだ。


俺は今一階層の端《はし》でバーベキューの準備をしている。

ペガサスのモンスターミートを手に入れたが、ルシェまで食べさせろと言って来たので、前回ミクに連れて行ってもらったお店に持ち込《こ》む事は出来なくなってしまった。

ルシェ達に食べさせる為《ため》には、ダンジョンで食べるしかないので、他のメンバーと相談した結果一階層でバーベキューをする事となった。

場所はいつも俺が訓練に使っている場所なので、ほとんどスライムが出る事も無いが、最悪スライムが出現したとしても今の俺達《おれたち》ならバーベキューをしながらでも問題ないだろう。

ただ誰もバーベキューセットなど常備していなかったので、探索を適当なところで切り上げてホームセンターとスーパーに買い出しに行く事になった。

俺はペガサスのモンスターミートだけでも良かったのだが、女性陣《じょせいじん》がどうせなら他の食材も欲《ほ》しいと言うので野菜とシーフードも買い足した。

ホームセンターに行ったら、バーベキューがブームなのかバーベキューコーナーがあり、炭火を使う様な本格的なバーベキュー用品が色々置いていたが、メンバーに聞いたら誰もバーベキュー経験者がいなかったので本格セットは諦《あきら》めガスコンロタイプの誰でも使える物を購入《こうにゅう》してから再びダンジョンに戻った。

「別にダンジョンでバーベキューしちゃダメとかないよな」

「多分大丈夫じゃない。キャンプする人達ってバーベキューじゃないにしても調理とかするでしょ」

「そもそもダンジョン内のバーベキューを想定した規定なんか無いんじゃないか」

「そうですね。まあ大丈夫ですよね」

色々買《か》い込んだ後で気になってしまったが、ダンジョンでバーベキューしても怒《おこ》られないだろうか。今更《いまさら》聞きに行くわけにもいかないのでさっさと始めてしまおう。

「焼肉のタレでいいよね。適当な大きさに切ってとにかく焼いちゃうか」

「……」

「みんなどうかしたの？」

「………………」

「なんで無言なんだよ。俺何かした？」

「できない」

「何が？」

「切るのができない」

「もしかして全員？」

「………………」

完全に盲点《もうてん》だった。みんなバーベキューだけじゃ無く料理自体が出来なかったのか。

そういえば三人共お嬢様《じょうさま》だった。それでか。

こうなったら俺しかいないよな。俺だって料理なんか普段《ふだん》した事がない。カップ麺《めん》ぐらいしか作った事が無いけどやるしか無い。

意を決して食材を切る準備をしていると、意外なところから声がかかった。

「マイロード、よろしければお手伝いしましょうか？」

「え？　ベルリア料理できるのか？」

「料理が出来るというほどではありませんが、切るぐらいであれば包丁も短剣《たんけん》を使うのとそうは変わりませんので問題ありません」

確かに魔法を斬《き》ってしまう程のベルリアなら肉や野菜を切るぐらいわけ無い気がする。

「それじゃあ、悪いけど肉と野菜を切ってもらっていいか？　大体一口サイズぐらいで頼む」

「お任せ下さい」

ベルリアが食材を準備している間に俺達はセッティングを済ませておく。

流石にテーブルセットを持ち込む事は難しかったのでレジャーシートを床《ゆか》に敷《し》いて真ん中にコンロを置き、紙皿を人数分並べて紙コップに買ってきた麦茶を注ぐ。

「マイロード、いかがでしょうか？」

ベルリアが準備を終えた様なので食材を見ると、全ての食材が定規で測ったかの如《ごと》くきっちりと同じ大きさに切り分けられていた。

もはや達人級と言っても過言では無いだろう。

まさか剣《けん》の道が料理の道へと通じているとは思いもよらなかったが、今後ベルリアは料理番に決定だ。

「馬肉は馬刺《ばさ》しが一番じゃないでしょうか？」

「馬の近縁種《きんえんしゅ》には違《ちが》いないと思うけど、この肉って生で食べれると思う？」

「いける……と思うのですが」

「いや、焼いた方がいいと思う。寄生虫とかモンスター特有の病気とかあったらやばい」

「そう……でしょうか」

「ヒカリン、馬刺し好きなのか？」

「はい」

「……今回は諦めよう」

ヒカリンは馬刺しを食べたかった様だが、このドロップした肉を生で食べようという発想は俺には無かった。

やはり食欲は全てに勝るのかもしれないが、ある意味すごい。チャレンジャーだ。

「それじゃあ、順番に焼いていくよ」

ベルリアが綺麗に切り揃《そろ》えた食材を俺がカセットコンロの網《あみ》にのせていく。

「ジュ〜ッ！」

食材の焼ける音と共に食欲をそそる良い匂いがしてきた。特に肉の匂いがすごい。普通《ふつう》の焼肉でもいい匂いはするがこれは違う。匂いだけでもご飯が食べれそうだ。人間の本能に働きかけてくる匂い。食べたいという欲求がくすぐられる。

「海斗、もういいだろ！　食べるぞ！」

「いやまだだ。どう見ても生焼けだろ」

「別に生焼けでもいいんだよ。早くわたしの分をとってくれよ」

ルシェの分を俺が取り分けるのか？　まあいいけど。

少し焼きが甘《あま》い気がするが、ルシェの食欲を抑《おさ》えることはできず、焼いた肉を取り分けてやった。

「ほら食べていいぞ」

「う〜〜う〜」

「どうなんだ？　焼けてなかったのか？」

「もっとくれ！」

おかわりって事はうまいのか。それにしてもルシェのボキャブラリーの無さは酷すぎる気がする。

う〜〜う〜ってなんだ。うまいですらない。

「あの、ご主人様私にも……」

「ああ、シルにも取らなきゃな。ほら食べてみろ」

「んふ、んふ、んふ」

「どうだ？　美味しいのか？」

「んふ、んふ」

シルも夢中になって食べているのでうまいのは間違いなさそうだが、んふ、んふってちょっと可愛《かわい》いけど意味が分からない。

俺は全員分を取り分け、追加で肉を網に並べてから自分の分にも手をつける事にした。

やはり最初はモンスターミートからだろう。馬肉の焼肉ってあまり聞いた事が無いけど、どうだろうか？

肉を焼肉のタレにくぐらせてから口の中に運ぶ。

おおっ、これは！

明らかに牛や豚《ぶた》とは違う味わいだ。もちろんウーパールーパーとも違う。

噛《か》んだ瞬間《しゅんかん》に肉の旨味《うま》が口の中に広がってくるが、脂身《あぶらみ》は無いのでしつこい感じは一切《いっさい》ない。

肉本来の旨味というのだろうか。柔《やわ》らかいが、しっかりとした噛みごたえを残しつつ噛むほどに旨味が増す感じだ。

濃厚《のうこう》なスープの様な肉汁《にくじゅう》と脂身が無いのに何故か和牛よりも甘味《あまみ》を感じる。

和牛など数えるほどしか食べた事は無いが、その時覚えた感動を上回っている。

肉ってうまい！　そう叫んでしまいそうになるほどの美味しさだ。

よく箸《はし》が止まらないといったりするが、口の中の旨みを逃《のが》したく無くて次へと箸を運べない。

他のメンバーを見ても一様に幸せそうな表情を浮かべている。

二切れ目の肉を口に運ぶと、更にフレッシュな肉の旨味が口に広がってきて美味しい。

おそらくフレンチで食べても物凄《ものすご》く美味《うま》いとは思うが、素材の味を最大限活《い》かした、バーベキューというスタイルは最高にマッチしているのではないだろうか。

「もっとくれ！　肉だけでいいぞ肉だけな」

「野菜も食べろよ」

「わたしがモンスターミート以外食べれるわけないだろ」

そうなのか？　悪魔《ま》は魔核《かく》とモンスターミートしか食べる事が出来ないのか？

「ご主人様、私にもお願いします。お肉だけお願いします」

シルもか。やっぱりサーバントはモンスターミートしか食べれないのか？

「海斗さん、私にもお肉をお願いします」

「海斗、私にもお肉ね」

「海斗、私にも肉をお願いしていいだろうか」

みんなもか。もしかして肉が美味しいからみんな肉だけ食べたいというだけなのか？

せっかく野菜もシーフードも買ってきたんだからしっかり食べて欲しい。

俺の願いをよそにみんながハイペースでおかわりを繰《く》り返しペガサスの肉はあっという間になくなってしまった。

かなりの量あったと思うがまだまだいけそうだ。今まで食べた肉の中でナンバーワンだったのは間違い無《な》い。それにしてもペガサスっておいしいんだな。

馬でこれだけ美味しいのであれば牛や豚は想像の遥《はる》か上をいっているのでは無いだろうか?

サーバント達も満足していた様だが、モンスターミートを食べても、強くなったり回復したりという事は無いらしいので完全に食欲を満たす為のものらしい。

ただ、他のメンバーがあまり野菜やシーフードに手をつける気配がないので、俺が率先《そっせん》して食べる事となり、他のメンバーよりもペガサスの肉は食べる事が出来なかった。

もちろん、焼いた野菜やシーフードも美味しかったが出来る事なら俺ももっと肉が食べたかった。

今回の経験から次回はシーフードも野菜も買うのをやめようと思う。

食べ終わっても誰一人《だれひとり》ダンジョン探索に戻るとは言い出さなかったので後片付けをしてから解散となった。

第四章　春休みの予定

今日から学校は午前中授業なので、放課後は魔核集めに集中しようと思っている。

学校に着くとすぐに春香《はるか》が声をかけてきてくれた。

「海斗《かいと》、春休みはどうするの？」

「一応予定ではダンジョンに週五ぐらいで潜る予定なんだけど」

「週五……。それじゃあ週に二日は空いてるの？」

「ああ、特に予定はないけど」

「それじゃあ、折角《せっかく》の春休みなんだしどこか一緒に遊びに行かない？」

「もちろんいいけど。何かやりたい事とかある？」

「う～ん。今からいろいろ考えとくね」

「それじゃあ、いつがいいかな」

「海斗はいつが休みの予定なの？」

「土日は全部休みの予定だけど」

「じゃあ土日でお願いします」

「うんいいけど、どの土日？」

「できれば全部。無理かな」

「無理じゃないです。お願いします。うん全部大丈夫《だいじょうぶ》です。是非《ぜひ》お願いします。勉強のお礼もあるしなんでも言ってよ」

春休みはダンジョン漬《づ》けのつもりだったのに土日を春香と一緒に過ごせるなんて、なんてラッキーなんだ。しかも春休み中に土日は六日も有る。一日か二日ぐらいは誘《さそ》ってみたいとは思っていたが、全部という事は六日も春香と一緒にどこかに行けるという事だ。やばい。テンションが上がってきてしまった。早く春休みにならないかな。

春休み最高！

「海斗、春休みの予定は決まってるのか？」

「ああ、大体ダンジョンに潜る予定だけど」

「まあ俺達も週四で潜る予定だけど、一緒だな」

「俺は週五の予定だな」

「他のメンバーよくＯＫだったな。流石は海斗のパーティメンバーだ。休みの日は何するんだ？」

「ああ、さっき春香に誘われてな、土日は春香と遊ぶ事になったよ」

「あ〜海斗もか。真司《しんじ》も休みの日は前澤《まえさわ》さんと遊ぶんだそうだ。楽しそうだな……。いいな〜。まるでいけてる高校生のアオハルみたいだな。俺は一人でゲームセンターにでも行くしか無い。いいな〜俺はこの春休みにゲームマスター目指すよ」

「ゲームセンターも楽しいって。もしかしたらそこで出会いもあるかもしれないだろ」

「ゲームセンターに出会いなんかあるわけ無いだろ！　そういえば葛城《かつらぎ》さんに紹介《しょうかい》の話してくれたのか？」

「あ〜ごめん。まだだけど、あんまり期待はできないと思う」

「海斗も真司もいいよな。俺だけダンジョンとゲームセンターだけで春休みが終わるんだぞ！　健全な男子高校生がこれでいいと思うのか。絶対によくないだろ。この春休みは今しかないいんだぁ〜！」

　気持ちはよくわかるがこればっかりはな〜。そもそも頼《たの》む相手を間違《まちが》ってると思うんだよな〜。もっと顔が広くて女の子の知り合いがいっぱいいる奴に頼むべきだと思うんだけど。

　そもそも隼人《はやと》の前に俺が付き合いたいんだよ！　真司は上手《うま》くいって良かったけど、俺だって春休みに少しでも春香との距離《きょり》を縮めたい。

結局隼人の愚痴《ぐち》は終業式まで、毎日続き、ちょっと辟易《へきえき》してしまったが、このクラスのメンバーで過ごすのも今日で最後かと思うと少し寂《さび》しい気がする。

もっとも、それほど友達が多い訳でもなく隼人と真司、春香。最近になって前澤さんと交流があるぐらいなので他の人達に比べると感傷に浸《ひた》る時間は短い。

ただし、三年生で春香と違うクラスになったらと思うと気が重い。

「それじゃあ、また」

春香とは土曜日に会う約束をしてから学校を後にした。

この三日間放課後にはずっと一階層に潜っている。

午前中授業の恩恵《おんけい》で五時間近く潜っているのでかなり集中してスライムを狩《か》る事が出来ている。

明日からは春休みなので十五階層に連日潜る事になる。その為に必要になる魔核《まかく》を既《すで》に二百個近くは手にしているが春休み分としてはまだ十分では無い。

「海斗〜。飽《あ》きた。もうスライムばっかりは飽きた」

「ルシエ、わがまま言ってはいけませんよ」

「シルも飽きただろ〜」

「私は飽きてはいません。少し手持《ても》ち無沙汰《ぶさた》なだけですよ」

「それを飽きたって言ってるんだよ」

「ルシェそんなに暇《ひま》ならベルリアと代わってもらってもいいぞ」

「え～スライムを倒すだけじゃつまんない」

初日から文句は言ってきていたが、三日目の今日は特にうるさい。

俺はキリングマシーンと化しているので余計な雑念が入る事は無いが、見ているだけは暇なのは理解出来る。

「そういえばこの前のモンスターミートは美味しかったです」

「スライムってこれだけ倒してるのにモンスターミートなんかドロップした事ないな」

「スライムは肉がないからミートはドロップしないのでしょうか」

「スライムはドロップしてもゼリーじゃないか？」

「海斗、ゼリーも悪くないな。デザートだ」

「そうですね、ゼリーもいいかもしれません。でもやっぱり、あの赤い魔核には及《およ》びませんが」

「そうだった。早く赤い魔核を見つけろよ。シルに聞いたら馬の肉より上だって言ってたぞ」

忘れてなかったのか。赤い魔核なんかそうそう見つかるわけないが、モンスターミートよりも美味しいってどれだけ美味しいんだ。人は魔核を食べる事は出来ないが、そこまで言われると味わってみたくなってしまう。

その後も時間の許す限り魔核を集めてから家路についた。明日は朝からダンジョンに潜る事になっている。パーティでこれだけの時間を連続して潜るのは初めてなので、ヒカリンや他のメンバーの体調管理を今まで以上に注意して攻略《こうりゃく》のペースを調整しながら臨《のぞ》みたい。


翌日、予定通り朝から十五階層に潜っている。

「それじゃあ、今日から集中してダンジョン攻略を進めるけど、今回の目標はまずは十五階層の攻略ね。順調に進める事ができたら十六階層の攻略も頑張《がんば》ろう。後はドロップアイテムだけどこればっかりは頑張ってどうにかなるもんでもないから、少しでも可能性を高める為に出来るだけモンスターを多く倒しながら進んで行こう」

「海斗、張り切るのはいいけどトラップには注意してよね」

「焦《あせ》らずゆっくり進むのです」

「トラップもこの前のだけとは限らないからな」

流石にみんな地に足がついた感じでしっかりしているが、今回の一番の目的は霊薬《れいやく》を手に入れる事なので、探索のベースが早ければいいというものではない。ただ十五階層では隠《かく》し部屋のボスであるミノタウロスでさえ霊薬をドロップする事は無かった。

正直十五階層では霊薬を手に入れる事は難しい気がするので必然的に先の階に進むしか道は無い気がする。

モンスターミートがドロップした影響《えいきょう》もあり、十五階層の探索は思ったよりも進んでいない。

今日からはモンスターミートがドロップしても、すぐには帰還《きかん》せずに探索を進めるつもりだが、出来る事なら牛のモンスターミートが一度は食べてみたい。

途中《とちゅう》で豚と馬のモンスターが出てきたが俺達の願いとは裏腹に、モンスターミートはドロップしなかった。

「ここ幻獣《げんじゅう》階って言ってましたよね」

「ああ、変なのも交じってるがファンタジー王道モンスターが出現しているな」

「でも王道といえばドラゴンがまだ出てきていないのです」

「ヒカリン……やっぱりいるのかな」

「普通いると思うのです」

ヒカリンに言われなくても気にはなっていたが、ファンタジーの王道モンスターといえばやはり竜種《りゅうしゅ》、ドラゴンだろう。以前、恐竜《きょうりゅう》は倒したので竜種と言えないことも無いが、やはり本物のドラゴンに憧《あこが》れがないかと言われれば、それはもちろんある！

ドラゴンを倒してゲームの主人公のようにドラゴンスレイヤーになってみたい。

実際にはドラゴンを倒してもドラゴンスレイヤーを名乗れたりはしない。名乗るのは勝手だろうが自分で名乗るのは恥《は》ずかしすぎる。ただ心の中では確実に名乗る。

スライムスレイヤーとドラゴンスレイヤーのどちらがかっこいいかと言えば、百人いれば百人が後者を選ぶだろう。

まさにキングオブモンスターと言っても過言ではない。

先日モンスターミートを手に入れた地点を越《こ》えて進んでいくが、お昼ご飯まではまだ時間があるので更《さら》に進んでいく。

「ご主人様、敵モンスターがこの先の右手から来ます。二体です」

「よし、じゃあ俺とベルリアが前に出るから、みんなは後方から攻撃を頼んだ」

バルザードを左手に構えて敵を待ち受けるが、前方に迫《せま》って来たのは前回痛い目に合わされてしまった大型こうもり二体だった。

「ベルリア、急いで後ろに下がれ！　シル、『鉄壁の乙女』を！」

「はい。かしこまりました」

前回は前に出ていたメンバーが全員やられてしまったので、俺とベルリアは大急ぎで後方に下がり『鉄壁の乙女』の光のサークル内に逃《に》げ込む。

「この階層で一番やばいのはあのこうもりじゃないか？」

「マイロード、それは間違いありません。私が不覚を取るほどのモンスターですから」

「まあ、そうだな……。みんなしっかり狙って倒そう」

大こうもりは、俺たち目掛《めが》け光のサークルに向かって急襲《きゅうしゅう》してきたので、俺も狙いを定めてバルザードの斬撃を飛ばす。

シルとルシェ以外のメンバーが一斉《いっせい》に攻撃をかけ、大こうもりは蜂《はち》の巣《す》状態となり、一体は空中でそのまま消失し、もう一体はふらふらと蛇行《だこう》して落下した。

深手を負って落下したとはいえ超音波攻撃《ちょうおんぱこうげき》が怖《こわ》いので、近づく事はせずそのまま遠距離《えんきょり》攻撃《こうげき》を連発しとどめをさした。

防御《ぼうぎょ》系のスキルの無いパーティの場合は超音波の届かない遠距離《えんきょり》から攻撃をかけるか、耳栓《みみせん》をするのが最善だろう。

超音波って音だから多分耳栓で防げるんだよな。そのかわり連携《れんけい》取りづらくなりそうだけど。

「もう、このこうもりは大丈夫ね。直接攻撃もあんまりなさそうだし」

「そうかもしれないけど、なにが起こるかわからない。油断はせずに行こうか」

俺達は落ちている魔核を回収してから奥《おく》へと歩みを進めて行く。

「今日は順調だし。この調子で行けば今日中に半分ぐらいまで進めたりするかもしれないな」

「そういえば海斗さんは、ダンジョン以外で春休みにどこか遊びに行ったりしないんですか?」

「一応、探索《たんさく》休みの土日は、どこかに行こうと思ってるけど」

「もちろん彼女《かのじょ》さんとですよね」

「いや、彼女ではないけども、クラスメイトというか同級生というか買い物友達ね」

「いいですね〜。羨《うらや》ましいのです」

「ヒカリンだって作ろうと思えばいくらでも相手はいるだろ」

「いえ、私は家にいる事が多いので……」

「うん、ゲームも楽しいよな〜。今ハマってるゲームとかあるの?」

「今一番ハマってるのはドラゴンハンターっていうゲームなのです」

「どんなゲームなの?」

「オンラインでいろんなドラゴンをみんなで倒《たお》すゲームなのです。自慢《じまん》じゃないですけど私、今世界ランク三百五位なのです」

「世界三百五位⁉　すごいな。流石《さすが》ヒカリン。ゲームのプロとか目指せるんじゃないか？」

どのぐらいの人数がプレイしてるのか分からないけど世界三百五位って多分凄《すご》いんだよな。

俺《おれ》も小学生の時にハマっていたゲームで世界四千五百九位になった事があるが、それより確実に上だな。

大こうもりを退けてから三十分程進んで、ちょうどお昼ご飯の時間になったので、ダンジョンの一角でみんなでご飯を食べる事にする。

今日の俺のメニューはカレーパンにちょっと贅沢《ぜいたく》ないくらのおにぎりだ。

やはりパンとおにぎりの組み合わせがダンジョンランチのマストだろう。

たまに甘いパンも食べたくなるが、ダンジョンのお昼にはおかずパンが最高においしい。

他の三人はいつもの通り手作り弁当を食べているが、いずれの弁当も非常においしそうだ。

いつ見てもバリエーション豊かで手作り感と家族愛満載《まんさい》に感じられる。

間違っても俺の母親には頼めないレベルのクオリティだ。

今までも、ダンジョンの端で何度もランチを食べているが、不思議と食事中敵が襲《おそ》って来た事は一度も無い。

たまたまかも知れないが、もしかしたらモンスターは人間の食べ物の匂《にお》いには興味を示さないのかもしれない。ただ人には反応するので人の匂いは嗅《か》ぎ分けている可能性は高い。

「そういえば海斗、彼女とデートするんでしょ。どこに行くのか計画してるの？」

「いや、まだだけど。それと彼女でもない」

「また～。映画は行った事あるのよね～。遊園地とか水族館とか定番でいいんじゃない？」

「遊園地か～。春休みだし混んでそうだな」

「それが良かったりするんじゃない？」

「そんなもんかな」

「遊園地とかならノープランでも一日遊べるでしょ」

「ああ、ありがとう。考えてみるよ」

ヒカリンといいメンバーが何かと気にしてくれているが、自分では映画とショッピング以外のプランを思いつく事が難しいので素直《すなお》に助かる。

「よし、みんな食べ終わった様だし先に進もうか」

「はい」

ランチとゴミの片付けをしてから先を目指して歩き始める。

「やっぱり、春香とデートするみたいだな」

「そうみたいですね。この前のバーベキューで私達《たち》との仲も更に深まったと思ったのですが、まだ足りないようですね」

「もっとバーベキューを繰り返さないとダメなのかもな」

「私達二人でしっかりとご主人様の胃袋《いぶくろ》と心を掴《つか》むのです」

いつものごとく後方でシルとルシェがこそこそやっているが、気にしたら負けなので気づいてないふりをしてどんどん進んで行く。

「ご主人様、敵モンスターですが、どうやら一体だけの様です」

「この階層では単体は初めてだな。取り敢《あ》えず注意しながらゆっくり進もうか」

ダンジョンでのモンスター出現数は、モンスターによってだいたい決まっている様なので、単体での出現となると今までのモンスターとは別種の可能性が高い。

スライムやゴブリンは別として単体で現れるモンスターは総じて強い事が多い気がする。

「あれって……何？」

「蛇《へび》？」

「龍《りゅう》……でしょうか？」

「ああ、龍だな」

前方に出現したモンスターだが思った通り初見のモンスターだ。

見た感じは大蛇《だいじゃ》の様な風貌《ふうぼう》だが胴《どう》から足が生えており、地面を足で移動している。

確かに言われてみると竜《りゅう》ではなく龍のイメージに近いが、空を飛んではいない。

地面を四本の短い足で歩いているので、空を駆《か》けるあの龍の感じではない。

大きさも、あの龍にしては少し小さい気がする。

「イメージと違うんだけど、あれって龍なのか？」

「飛んでも無いし大きさも中途半端《ちゅうとはんぱ》だし龍の下位モンスターなんじゃない？」

「所謂《いわゆる》下級龍じゃないのですか？」

「ヒカリン、おそらくもっとマシな呼び方があるんじゃないか？」

例え下位の龍だとしても龍は龍なのだろうから弱いとも思えない。

「あんなのでも龍なら強いかもしれない。みんなで一斉にいってみようか」

ただ飛べない龍はただの爬虫類《はちゅうるい》だ。

俺達は大こうもりにやったのと同じ様に、前方の下級龍に向かって一斉に攻撃《こうげき》を放った。

俺はしっかり狙《ねら》ってからバルザードの斬撃を放った。

避ける素振《そぶ》りも見せず五人の攻撃が全弾命中した。

たかが大きめの爬虫類。これで無事なはずが無い。

「やったか？」

俺達の攻撃が全弾命中したので、下級龍をしとめたか？　と思ったが、前方の下級龍は完全に無傷だった。

「なっ!?　シル『鉄壁《てっぺき》の乙女《おとめ》』を頼む！」

初手で五人の攻撃を全弾命中させたのに全くダメージを受けている様子がない。

特殊《とくしゅ》な防御スキルか？　それとも単純に防御力《ぼうぎょりょく》が高いだけなのか？

もしかしたら遠距離攻撃に特殊な耐性《たいせい》を持っているのかも知れないが、とにかくこの下級龍を注意深く観察しながら戦うしか無い。

「みんな、どうにかしてダメージを与《あた》えるしかない！　今度は時間差で攻撃してみよう。俺からいくから、タイミングを計ってみんなも攻撃を頼む」

こちらの出方を窺《うかが》っているのか下級龍も大きな動きは見せていないので、しっかりと狙ってバルザードの斬撃を飛ばすが、今度は下級龍も素早《すばや》く動いて斬撃が躱《かわ》されてしまった。

「はやっ！」

大蛇のような風体《ふうてい》にダックスフントを思わせる脚《あし》の短さなので、とても速く動ける様なフォルムでは無いのに異常ともいえる速さでバルザードの斬撃を横方向に避けた。

『アイアンボール』

間髪《かんはつ》を入れずに、あいりさんが必殺の鉄球を放ったが、俺の攻撃同様に素早い動きで避けられてしまった。

今度は目で動きを追う事ができた。短い脚が想像を超える速さで動き鉄球を完璧《かんぺき》に躱していた。

漫画《まんが》の様な素早い脚の動きで、その後の二人の攻撃も同様に躱してしまった。

防御力が高い上に回避《かいひ》能力も高いとは、この龍は防御特化型のモンスターなのか？

それなら遠距離からじっくり攻《せ》めるのが正解か？

そう考えた瞬間今度はこちらに向けて猛然《もうぜん》とダッシュして来たのでベルリアが魔核銃《まかくじゅう》で迎撃《げいげき》するが、バレットは命中したものの弾かれてしまった。

下級龍は五メートル程《ほど》手前で急停止したと同時に大きく口を開いて火を吐《は》いた。

所謂ファイアブレスだ。

もちろん『鉄壁の乙女』はファイアブレスを遮断《しゃだん》してくれているが、温度変化までは防いでくれないので光のサークル内の温度が急激に上昇《じょうしょう》してきた。

「あっつ！」

めちゃくちゃ熱いが、この距離なら外さない。俺は右手にドラグナーを取り狙いを定めて引き金を引いた。

「ドウッ」

放たれた弾丸《だんがん》は蒼光の糸を引いて下級龍の首と思《おぼ》しき部分に命中してそのまま貫通《かんつう》した。

「ガアアァア～！」

やった。今度の攻撃は完全に効いた。単純に距離が近くなった事で威力《いりょく》も増したのか、それともドラグナーという名前の通り龍に対して特効があるのかは分からないがしっかりと貫通した。

首に風穴を開ける事に成功したものの、まだ消失までは至っていない。

とどめをさす為《ため》に狙いを定めて再度ドラグナーの引き金を引いたが、今度は躱されてしまった。

「なっ！」

手負いのくせにこの距離で躱すか？

「みんな追撃《ついげき》を！」

ミクがスピットファイアを連射し、そのうちの一発が命中したが効いた感じは余りしない。

この下級龍ってあの赤いミノタウロスと同等以上に感じる。もしかしてこいつも特殊なボスとかなのか？

「マイロード、私が出ます。援護《えんご》をお願いします」

ベルリアが光のサークルを飛び出して下級龍に向かって行く。

ベルリアに目をつけた下級龍が再びファイアブレスを放つべく口を開いた。

「ヒカリン、『アイスサークル』を！」

ヒカリンが俺の声に反応して下級龍の目の前に氷の柱を出現させる。

ほぼ同時にファイアブレスが放たれ氷の柱が一気に溶《と》けてみるみるうちに小さくなってしまうが、ベルリアが接近するまでの時間は十分に稼《かせ》げた。

ベルリアが氷の影《かげ》からそのままジャンプして久々の大技《おおわざ》、回転しながらの二刀『アクセルブースト』を繰り出した。

ベルリアの刀が龍の頭部に触《ふ》れ、回転が一瞬《いっしゅん》止まりかけたが、気合の一声とともに更に体重を乗せそのまま押《お》し切り真っ二つにしてしまった。

飛び出しは無茶《むちゃ》だったが流石はベルリアだ。あれ程の強度を誇《ほこ》っていた下級龍を文字通り二刀両断してしまった。

「強かったな。もしかして裏ボスみたいなやつだったのか？」

「そうね。普通に出てくるにしては強かったわね」

「腐《くさ》っても龍ということなのです」

「だが、ドロップしたのは普通の魔核の様だから裏ボスでは無いと思うが」

あいりさんに言われて見てみると地面には通常の魔核が一個落ちているだけだ。

大きさもペガサスの物と大差ないように見える。

かなりの苦戦を強《し》いられてしまったが、労力の割に実入りが少ない。

「でもさっきの龍は、魔法《まほう》には強い耐性を持ってるようだったな」

「魔法だけじゃないでしょ。魔核銃とかも弾いてたし鱗《うろこ》が特別なんじゃない？」

「まあベルリアが直接斬《き》りつけたらいけたんだから今度出て来たら俺も近接で戦ってみるよ」

「さっきの龍は下級だからか飛んでなかったですけど、飛ぶ龍もいるのでしょうか？」

「多分いるだろうな。流石にあれが飛んで攻撃してきたらきついな。俺達《おれたち》だとドラグナーかシル、ルシェに頼むくらいしか出来ないかも」

まあ、そんなやつがこの階層で出てくるとは思えないが将来的にはパーティとして物理的な遠距離攻撃の強化も必要になってくる気がする。パッと思いつくのは以前おっさんの店で見たランチャーだ。あの時はこんな物必要ないだろうと思ったが、いずれ必要になる時が来るかもしれない。

龍の残した魔核を回収してから探索を再開して更に奥に進んでいく。

そういえば最近ゲートキーパーの能力で気がついた事がある。

今まで帰る時にはカモフラージュのつもりで一旦違《いったんちが》う階層まで飛んでから一階層に戻《もど》っていたが、何度か繰り返しているうちに気がついてしまった。よくよく考えると通常のゲートから飛んでもゲートキーパーで飛んでも一階層のゲートであれば傍《はた》からはどちらも同じ様にしか見えない事に気がついた。仮に十五階層のゲートから一階層に移動しても、ゲートキーパーを使用して一階層に転移しても一階層の側から見ると同じにしか見えない。

一階層のゲートは入り口のすぐ脇《わき》にあるので、ゲートキーパーで転移したとしてもほぼ同じ場所に移動出来るのだ。

往路はゲートの無い階層に移動する場合、他のパーティに見られたら転移石を使った様に見せかける必要があったが、帰りはその必要は無かったのだ。

その事に気がつくまでバレるのを恐《おそ》れて、わざわざ違《ちが》う階層を経由して一階層に戻ったりしていたのだが全くの無駄足《むだあし》だったようなので、今では帰る時に一階層へ直接転移する事にしている。

お陰《かげ》で今は一日でダンジョンに潜《もぐ》れる時間がかなり延《の》びた。

「ご主人様、ペガサスのお肉美味《おい》しかったですね」

「ああ、美味しかったな。シルも美味しかったんだな。よかったよ」

「あのお肉なら何度でも食べたいです。でも赤い魔核が一番です」

「あ～赤い魔核な～。あれは簡単には手に入らないんだよな～」

「でもルシェにはあげるんですよね」

「手に入ったら一緒《いっしょ》に食べればいいだろ」

『はいっ、そうさせていただきます』

それにしても赤い魔核、そんなに美味しいんだな。

「マイロード、よろしければ私にもお願い出来ないでしょうか？」

「ベルリアもか。俺はいいんだけど、三人分は難しいんじゃないかな～」

『そうでしょうか』

『いや、ベルリアにも食べさせてやりたい気持ちはあるよ。あるけど実際問題レアだからな～。シルとルシェがな』

「そうですか」

「ルシェに分けてもらえる様に自分で頼んでみろよ」

「とんでもございません。ルシェ姫《ひめ》にその様な事をお願いできるはずもありません。それであれば私は大丈夫です」

ベルリア。たとえ手に入れたとしても赤い魔核をやれないのは申し訳ないとは思うが、ルシェにはお願い出来ないのになぜ俺にはお願いしてきたんだ。

いつも思うがお前の主人は俺なんだけども。

ベルリアのモチベーションが少し気になりつつ十五階層を更に進んでいるが、この階層を朝からずっと潜るには問題が発生してきた。

一番の要因は俺のMP不足だ。俺のMPはレベルの割にそれ程多い方では無い。『神の祝福』の恩恵で増加傾向《けいこう》にあるとはいえ、今の俺のほとんどの攻撃にはMPの消費が伴《ともな》い、それに比べると総量が少なめだ。

同じ事はあいりさんにも当てはまるが、彼女の場合MP消費無しの通常攻撃も多用しているので、まだなんとかなっている。

この階層のモンスターはそれなりに強度が高いので俺がMP消費なしで乗り切るのはかなり厳しい。

低級ポーションでもMPは回復する。以前は一本使うとHPもMPも全快していたのだが、低級ポーションで回復するのは大体HP60・MP30ぐらいだ。今は残念ながら一本でMPが全快する事は無い。

シルとルシェを前面に押し出し俺達がついて行くという手も無いではないが、それは自分達の能力以上に背伸《せの》びをしてしまっている感もあり出来ればやりたく無い。

メンバーと相談した結果ダンジョンに潜るのは朝十時から夕方四時までで、間にランチと休憩《きゅうけい》を挟《はさ》む。ＭＰの状況《じょうきょう》を見て早めに切り上げる事も検討するという事になった。

「みんなの足を引っ張るみたいで申し訳ない」

「普通《ふつう》のパーティは帰る時間も考えるんだから、私達は十分潜ってる方でしょ」

「そうですよ。多分こんなにずっと潜ってるパーティはそうないのです」

「女性中心のパーティでこれだけストイックに潜ってるのは稀《まれ》だろう」

「えっ、そうですか。そんなもんですかね」

「海斗は、ほぼダンジョン中毒だから感覚が麻痺《まひ》してるのよ」

まあ確かに一日六時間潜っていればそこそこ潜った感はあるけど、本心はもう少し潜りたい。

「ご主人様、敵モンスターです。一体ですので先程《さきほど》のモンスターと同じかもしれません」

「じゃあ、俺とベルリアとあいりさんが近接を挑《いど》むから、シルは後方で『鉄壁の乙女』を。ヒカリンはいつでも『アイスサークル』を発動出来るように待機して」

さっきは苦戦したが、先程ベルリアが倒し切ったのを見る限り近接攻撃が正解な気がするので、今度は対策を立てて臨む。

進んでいくと、先程同様の姿の下級龍が待ち構えていたが、さっきの龍は緑系の体色だったのが今度のは赤い。

色で何か違うのかは分からないが、事前の作戦通りに動き出す。

念《ねん》の為にナイトブリンガーを発動してから下級龍に向けて走り出す。

俺の横にベルリア、そして少し後方であいりさんが駆けていく。

後方からミクが援護《えんご》射撃《しゃげき》をしてくれているが、赤い龍も先程の龍と同じく魔《ま》法攻撃《ほうこうげき》への耐性に自信があるのか避けもしない。

俺も距離を詰《つ》めるべく更に加速するが、前方の龍が口を開こうとしているのが見えた。

ブレスが吐き出されるタイミングに合わせ、ヒカリンが打ち合わせ通り『アイスサークル』を発動して防いでくれようとするが、赤い龍が吐いたのは火では無かった。

吐いたのは大量の紫色《むらさきいろ》のガス。

見るからにやばそうな色のガスを吐き出した。

ガスが氷に触れても氷自体に変化は無かったので、ある程度防御壁《ぼうぎょへき》としての効果はあったようだが、氷の柱を越《こ》えて紫色のガスが漂《ただよ》っている。

これはどう考えても身体に良くないガスだ。

この色、どうみても毒ガスの類にしか見えない。

「あいりさん、一旦《いったんきょり》距離を取りましょう」

ベルリアはこういうのには耐性があるので放っておいても問題無さそうだが、俺達はやばい。

俺は、紫色のガスに恐怖《きょうふ》を覚え突《つ》っ込《こ》むのを一旦《いったん》やめ、ガスの届かない中間距離でタイミングを計りながらの戦いに切り替《か》える。

ベルリアだけは紫色のブレスを物ともせずに突っ込んで行く。

「あいりさん、俺達はベルリアのサポートに回りましょう」

「わかった」

下級龍が再び口を開きベルリアに向けて紫色のブレスを吐いたが、ベルリアはノーダメージのようで構わず突っ込んで行く。

どう見ても有毒なブレスなので、普通の人間であれば避ける以外の選択肢《せんたくし》はないが、ベルリアは既に下級龍の目の前までたどり着いている。

ベルリアが剣《けん》で攻撃した瞬間《しゅんかん》、下級龍が短い足を音速稼働《かどう》させて避けた。

ベルリアも瞬時《しゅんじ》に追撃をかけるが、どちらもやたらと素早いので援護し辛い。

この位置からではベルリアが邪魔《じゃま》でフォローできないので、俺は下級龍の後方に回るべく走り出す。

下級龍は口の牙《きば》と頭に生えた角を使い、ベルリアの剣と交戦している。

俺が無事に後方までたどり着いたのを見計らってから、ベルリアがジャンプしてからの二刀アクセルブーストを放とうとするが、ベルリアのジャンプに呼応するように下級龍も飛んだ。

「え？」

この下級龍って飛べるのか？　巨体《きょたい》のくせにベルリアよりも上に飛んでいる。

ベルリアは目標を失いそのまま着地するが、頭上から下級龍がベルリアの頭部を狙っているのが見え、咄嗟《とっさ》にバルザードの斬撃を放つ。

「ベルリア避けろ！」

残念ながらバルザードの斬撃では、決定的なダメージを与える事は叶《かな》わなかったが、いくばくかの時間を稼ぐ事は出来た。

反応したベルリアはその場からすぐに飛び退《の》き、着地した龍に向かって剣を振《ふ》るう。

どうやらあの龍は飛べる訳ではなく、空高くジャンプしただけのようだ。

再びベルリアがアクセルブーストを使って斬りかかり手傷を負わせる事に成功しているが、やはり龍の外皮が硬《かた》いのか切断までは至っていない。

やはり龍の弱点と言えばあれか！

「ベルリア、逆鱗《げきりん》だ！　首の辺りに逆鱗が有るはずだ。その辺りを狙え！」

龍の弱点といえば昔から逆鱗だろう。一般的《いっぱんてき》に物語の中では首の辺りに一枚だけ有る逆さの鱗が弱点とされる事が多い。

こいつも龍の端《はし》くれなら逆鱗が有るはずだ。

「マイロード、どの辺りでしょうか？　残念ながら確認《かくにん》できません」

確かに、目の前の下級龍の鱗は蛇が大きくなったような鱗なので一枚一枚が一センチメートル程度しかない。しかも枚数がとんでもなく多いので戦いながら逆さの鱗を見つけてそれを貫《つらぬ》くのは難易度が高すぎる。

「ベルリア、すまない。気にせずに戦ってくれ！　とりあえず首は弱点かもな」

ベルリアを惑《まど》わせる真似《まね》をしてしまったので、お詫《わ》びに援護に入るべく後方から迫るが、かなり体長があるので、俺の位置から狙えるのは尻尾《しっぽ》に近い場所だけだ。

尻尾の根本の辺りに狙いをつけてス～ッと近づいて行き、そのままバルザードで斬りかかる。

外皮に当たる瞬間硬質《しゅんかんこうしつ》な抵抗《ていこう》感があり、バルザードの刃《やいば》が途中で止まってしまった。

「グウアアアアアアア～」

尻尾を斬り落とされかけた下級龍が叫《さけ》び声を上げてこちらを振り向いた。

やばい……。

途中まで刺《さ》さったバルザードに切断のイメージをのせて一気に尾《お》を切り離《はな》し、後方に離《り》脱《だつ》を試みるが怒《いか》り狂《くる》った下級龍が口を開くのが見えた。

まずい、この距離《きょり》だとブレスをくらう。

咄嗟に息を止めて身構えるが、俺のもとへとブレスが来る事は無かった。

俺が身構えた直後に下級龍の首が落ちたのだ。

ベルリアから目を離して俺をターゲットにした下級龍は、ベルリアに対して完全に無防備な状態で首を晒《さら》す事になり、ベルリアの二刀で首を切断された。

今度は回転もジャンプも無い状態で一気に切断まで持っていったので、やはり首が弱点だったのかもしれない。

赤い下級龍を倒してからも三度程《ほど》戦闘《せんとう》を繰《く》り返しながら先へと進んで今日は引き上げる事になった。

ダンジョン自体は進み易《やす》いのだが、敵モンスターが強いので、戦いを重ねるとそれなりに疲労《ひろう》が蓄積《ちくせき》してしまう。

HPが減った訳では無いのでステータスには表れない疲労感だ。

しかも龍が単体で出現する為、魔《ま》核《かく》の取得数が極端《きょくたん》に少ないので、今の所実入りが悪い。

「みんな今日は大丈夫《だいじょうぶ》だった？　明日もこのペースで先に進むつもりだけどいけそうか

な」

『まだ始まったばっかりだから。全然大丈夫」

「まだまだ元気なのです」

「問題無いが、龍の倒し方は少し考える必要があるな」

「じゃあ、龍の倒し方は各自宿題で、今日は帰ってしっかり休みましょう」

比較的《ひかくてき》早めにダンジョンを切り上げる事にしたので、家に帰ってから十分に休む事が出来た。

どこかの一流アスリートが体調管理の為に十二時間睡眠《すいみん》するというのを聞いたことがあるが、俺にとってもそれは同じだ。明日に備えてしっかりと睡眠は必要だ。

ただ、一流ではない俺にとって十二時間の睡眠時間を取ることは容易ではなく二十三時に眠《ねむ》るのがやっとだった。

ちなみに晩ごはんはカレーだった。

ダンジョンに潜るとお腹《なか》が空《す》くので二人前ぐらい食べてしまったが、ダンジョンで疲《つか》れた身体にカレーは染《し》み渡《わた》った。

対下級龍だが今日の戦闘《せんとう》を見る限り首がウィークポイントではあるようなので、首を集中して狙うのは有効だろう。

首を狙うには近接戦闘だ。本当はリーチのある槍《やり》が使えればもっと簡単に倒せそうな気もするが、無い物は仕方がないので明日はあいりさんの薙刀《なぎなた》での攻撃に期待したい。

一応シルとルシェのスキルも通用するのか試《ため》しておこうと思う。


翌朝七時に目を覚まして準備を済ませてから、ダンジョンに向かった。

「おはよう。よく眠れた？」

「しっかり寝《ね》れたわよ」

「思ってたより疲れてたみたいで二十二時には寝てしまったのです」

「私は龍の倒し方を考えていて寝るのが少し遅《おそ》くなってしまった」

「あいりさんらしいですね。いい方法思いつきましたか？」

「色々想定してみたが、一番有効なのはブレスの際に開ける口の中を目掛けて、至近距離《しきんきょり》から『アイアンボール』を叩《たた》き込むのが良いと思うんだ。どうだろうか」

「口の中に『アイアンボール』ですか。間違《まちが》いなく効きそうですね。ただタイミングは難易度が高そうですけど」

俺達は、下級龍の倒し方を話し合いながら十五階層を進んで行くが、今日は下級龍に会う事なく中間地点に近いと思われる位置まで到達《とうたつ》する事が出来ていた。

「ご主人様、奥に敵モンスターです。恐らく下級龍だと思われます」

「よし、それじゃあみんな打ち合わせ通りでいくよ」

俺達は打ち合わせ通りに展開して敵モンスターに向かって行く。

直《す》ぐに緑色の下級龍が現れたので即座《そくざ》に俺とベルリアとあいりさんが駆け出す。

『アースウェイブ』

ヒカリンが魔法を発動して下級龍の足止めを図《はか》るが、足下《あしもと》を攻める『アースウェイブ』は短足の下級龍には劇的効果を発揮した。

前足と後ろ足が離れている為に『アースウェイブ』の効果は前足のみに限定されたが、完全に足は沈《しず》み込み、あれほど素早かった動きを完全に封《ふう》じ込める事に成功している。

「いいぞっ！　このまま押し切るぞ。ブレスにだけ注意して！」

足が止まった所にミクとスナッチが攻撃をかける。

ミクは、当初の打ち合わせでは攻撃よりも『幻視《げんし》の舞《まい》』での撹乱《かくらん》を想定していたが、動きを封じた今ならこのままいけそうだ。

致命傷《ちめいしょう》にはなっていないが、完全に嫌《いや》がっている。

俺達が接近するのを嫌《きら》い下級龍がブレスの体勢に入った瞬間あいりさんが『アイアンボール』を放つ。

高速の鉄球が下級龍の口の中を狙うが、龍も咄嗟に口を閉じて首を振り、口の中への直《ちょく》撃《げき》は回避した。

ただ鉄球は閉じた口の側面に直撃し、ブレスを完全に阻害《そがい》する形となった。

その隙《すき》にベルリアが下級龍の前までたどり着いて剣を振るう。

「やあああ～『斬鉄撃』」

ベルリアが交戦している後ろから、あいりさんが気合の声と共に薙刀を一閃《いっせん》し、その後ほんの少しの間があって下級龍の首がずれて落ちた。

昨日苦戦した下級龍に対して今回はほぼ完勝だった。

ただ今回俺は何もしていない。

予定では背後から首を狙うつもりだったのだがその前に終わってしまった。

「上手《うま》くいったな。思った以上に『アースウェイブ』が効いたみたいだ」

「やはり首は、他よりも柔《やわ》らかいようだな」

このパターンが次も通用する様なら下級龍はもう問題無く倒せそうだ。

やはり、強敵相手には相性《あいしょう》や戦術が重要だという事を再認識《さいにんしき》させられる。

消耗《しょうもう》も殆《ほとん》どなかったので、すぐに探索を再開する。

「ご主人様、お見事でした」

「いや……俺は何もしてないけどな」

「いえ、ご主人様は的確な指示と囮《おとり》として十分に機能されていましたよ」

「ああ、ありがとう」

やっぱりシルは天使だ。いや女神《めがみ》だな。心のオアシスだ。

「シル、こいつを甘《あま》やかしちゃダメだぞ。はっきり言ってやれ。出足が鈍《にぶ》くて遅《おく》れを取っただけだろ。ブレスにびびっただけかもな。ベルリアでさえしっかり役目を果たしてたんだぞ」

「ぐっ……」

こいつはやっぱり悪魔《あくま》だ。人の痛い所をえぐって来る。

俺は褒《ほ》められて伸びるタイプなんだ。M属性は皆無《かいむ》なのでルシェの言葉はダメージしか感じない。

「ふ～～」

精神を落ち着けメンタルを立て直して奥に進んでいく。

「ご主人様、敵モンスターです。今度も一体だけですので下級龍かもしれません」

「よし、それじゃあさっきと同じで行ってみようか」

さっき戦ったばかりなのでタイミングも分かっている。次は確実に活躍《かつやく》しないとルシェに何を言われるか分かったものではないので、見つけたら速攻《そっこう》をかける。

先程と同じようにベルリアとあいりさんと俺が前衛に立って進んでいくと、俺達はすぐに敵モンスターを捉《とら》える事が出来た。

「あれって……龍じゃないな」

「亀《かめ》？」

「河童《かっぱ》？」

「怪獣《かいじゅう》？」

俺達の前に現れたのはおそらく亀のモンスターだ。

甲羅《こうら》を背負っておりサイズも以前の階層で戦った亀型モンスターよりも一回りは大きい。

ただし亀なのに二本の足で立っており、巨大《きょだい》な河童のようにも見えなくは無いが顔は噛《か》みつき亀のような感じで頭に皿は無さそうなので、やはり河童では無く亀なのだろう。

「えっと……」

龍を想定していたので一瞬戸惑《いっしゅんとまど》ってしまったが、すぐに頭を切り替えて戦闘に入る。

「折角《せっかく》なんで、もうこのまま龍と同じ作戦で行きましょう」

どうせ初見のモンスターには、特別な対策を立てようも無いので、当初の予定通りに戦う事に決めて、亀型モンスターへと向かって行く。

ヒカリンが『アースウェイブ』を発動させて二足の動きを封じ込めようとするが、龍と違い足に水掻《みずか》きがあるせいか、ぬかるんだ足下の影響《えいきょう》を受けずに普通に向かってくる。

「ヒカリン、『ファイアボルト』に変更《へんこう》しよう」

足止めして一斉《いっせい》に攻撃する予定だったが、この大型亀には難しいようなのでヒカリンには攻撃魔法《こうげきまほう》に変更してもらう。

スナッチが『かまいたち』を発動するが、甲羅と外皮に阻《はば》まれてダメージを与える事が出来ていない。

どうやら見た目通りの硬度《こうど》を誇っているらしい。下級龍同様に直接攻撃を叩き込む必要がありそうだ。

ベルリアが先陣《せんじん》をきって亀型モンスターに斬りかかるが、やはり腹の部分も硬いようで、完全には刃が通っていない。

亀型なのでカメラと呼ぶが、カメラはベルリアに反撃《はんげき》してくるが爪《つめ》の部分が凶器《きょうき》と化しており、くらったらただでは済みそうに無い。

「ベルリア、頭を狙え！」

俺《おれ》とあいりさんがベルリアに代わってカメラを相手にする。

その体躯《たいく》に似合わず、かなりスピードがあり、爪での攻撃が怖《こわ》いので、距離を取りながら牽制《けんせい》する。

カメラの意識がこちらに集中したタイミングを狙ってベルリアがジャンプして回転斬りを敢行《かんこう》するが、ベルリアの刃がカメラの頭に振り下ろされた瞬間、頭が甲羅の中に引っ込んでしまった。

ベルリアの二刀はそのまま甲羅の縁にめり込んだが、硬い甲羅に阻まれて断《た》ち切るには至らずにそのままの状態で止まってしまった。

回転が止まり刺さった剣を持ったままの状態でベルリアが宙に浮《う》いている。

刺さった剣を抜《ぬ》こうとしているが、思ったよりも深く切り込んでいるようで、足場のない状態では抜ける気配が無い。

「ベルリア！　剣を捨てて下がれ！」

「マイロード、ですがこの剣は……」

「いいから急げ！」

ベルリアが渋々《しぶしぶ》手を離した瞬間、亀の爪がベルリアのいた空間を切り裂《さ》く。

「ベルリア下がれ！」

ベルリアと入れ替《か》わりで俺とあいりさんが前に出る。

頭の出入り口の部分にベルリアの剣が刺さっているので、頭を出すことは出来ないようだが、気配で分かるのか俺達の方に反応を見せる。

「あいりさん、甲羅が思ったより硬そうなので、足を狙いましょう」

ベルリアの大回転斬りが途中《とちゅう》で止まるぐらいなので、胴体《どうたい》の部分を普通に斬っても切断までは至らない気がする。

あいりさんが薙刀で足の部分を狙って斬りつけたが、その瞬間巨体《しゅんかんきょたい》が宙を舞《ま》った。

「嘘《うそ》だろ」

見えないはずなのにタイミングよく飛び上がって、そのまま手足を引っ込めたかと思うと横回転し始めて、空中でコマのように回り始めた。

巨体が回ることで、周囲にかなりの風を巻き起こしているが、単純に危なくて近づく事が出来ない。

回転しているので、甲羅の隙間《すきま》が見えない上にこのサイズの回転に巻き込まれて無事でいれるイメージが全く湧《わ》かない。

「あいりさん、どうしよう」

「これは、直接攻撃は無理だろう。少しひいて魔法を打ち込んでみる」

「わかりました。お願いします」

回転に巻き込まれない様に、二人でその場から一歩引いてあいりさんが魔法を放つ。

『アイアンボール』

近距離から放った鉄球は相当な威力を持って回転するカメラに命中したものの、弾かれて俺の一メートル程脇《ほどわき》を飛んで行った。

「あぶなっ！」

あの鉄球が当たったらただでは済まない。俺の顔や大事な部分に命中していたら即死《そくし》していたかもしれない。

怖っ！

「海斗すまない」

「あいりさんのせいじゃないですけど、回転する相手に使うのはもうやめましょうね」

「そうだな。分かった」

この距離からドラグナーで撃《う》てばいける様な気もするが、鉄球同様はね返されたら怖いので撃つ勇気が持てない。

宙に浮いているので下に潜り込んで回転している中心をつけば倒《たお》せる気がする。ただ一発で倒せなかった時にあのサイズの物が上から降ってくると思うと、悪い予感しかしない。潰《つぶ》されない為にはカメラの上から攻撃《こうげき》するしか無いが、硬い甲羅が障害となる上に回転するカメラの上でずっと留《とど》まる事は不可能だ。やるなら一撃《いちげき》必殺でしとめるしかない。

そもそもこの位置から飛んだのでは俺の跳躍力《ちょうやくりょく》でカメラの上を取るまでには届かない。

「ヒカリン、踏《ふ》み台《だい》が欲《ほ》しいからカメラの手前に『アイスサークル』を頼《たの》む」

待っていても状況は好転しないので一気に勝負に出る。

ヒカリンがカメラと俺の間に氷の土台を出現させてくれる。

しっかりと意図が伝わった様で普《ふ》段《だん》の氷柱《つらら》を横に倒した様な形で魔法が発現した。

これならいける！

俺は、全速力で氷の土台に向けて走り出した。

上方に意識を向けジャンプする軌道《きどう》をイメージしながら氷の土台に足をかける。

一瞬氷の上を滑《すべ》る様な感覚があったが、ブーツのグリップを信じそのままの勢いで足を運ぶ。

一歩、二歩、三歩目で踏み切って上方にジャンプしようとしたが、三歩目で踏ん張りが利《き》かなかった。

「あっ！」

新調したブーツのゴム底が滑って上方に行く力を生まず、慣性の法則を最大限発揮した形となり、その勢いのまま思いっきり前方に飛び出してしまった。

焦《あせ》っていたのかもしれない。当然考慮《こうりょ》すべき事だったとは思う。

ただ今この時にそこまで頭が回っていなかった。そもそもブーツで氷上を走った事が無かったので、危機感が薄《うす》かった。

今はそれが理解できるが、理解出来た時にはもう遅かった。

今俺は慣性の法則を全身で体感している。

「あっ！」

慣性の法則を全身で体感している今この時、思わず「あっ！」と声をあげたが、後方からも全く同じ声が聞こえてきた。

どうやら、この場面であげる声はみんな同じらしい。

どこか冷静に他のメンバーの声を聞く自分がいるが、今の自分の状況には全く余裕《よゆう》は無い。

慣性の法則に則《のっと》って、猛烈《もうれつ》に押し出されるというか滑ってしまい身体の自由が利かないが、それも刹那《せつな》の出来事に過ぎなかった。

氷の土台は僅《わず》か数メートルなので一瞬で俺の足下からは無くなり、その瞬間《しゅんかん》俺《おれ》は足場の無い前方へと押し出された。

今度は自由落下の力に従い、下方向にも引っ張られて、図らずも回転するカメラの下側に飛び込む形となった。

「うっぷ」

地上に放り出された瞬間、重みと痛みが加わって思わず動きを止めてしまうが、今置かれている状況は分かっている。

痛みを我慢《がまん》して身体を起こし上を向くと、俺のすぐ上を巨体が高速で回転している。

動きに変化が見て取れないので、もしかして俺の状況を把握《はあく》出来ていないのか？

この巨体が俺の身体にのしかかって来るという最悪のイメージが頭を過《よぎ》ったが、そのイメージを振り払《はら》いバルザードに賭《か》ける。

一撃でしとめる！

もしダメなら『愚者《ぐしゃ》の一撃』を発動する！

確実にしとめる為にバルザードの一撃にのせるイメージは切断ではなく破裂《はれつ》。

バルザードを両手で持ち直して、全力で上方にある回転の中心に突き入れる。

「ギョリッ」

硬い抵抗を感じたが力を強めて突き入れる。

「うぅおおお〜！」

回転の中心部分に突き入れたので決まったかと思ったが、回転による遠心力の影響を受け、振り飛ばされそうになりイメージを強めてバルザードに伝える。

遠心力に耐《た》えきれずバルザードの持ち手を離した瞬間にカメラが爆散した。

「やった……」

一瞬の攻防《こうぼう》だったが、どうにか勝った。喜びよりも疲労感の方が大きい。

「危なかったな」

自分の浅慮《せんりょ》が原因とはいえ危なかった。たまたま上手くいったが、もう一度同じ事をやれと言われてもやれる自信は全く無い。

手強《てごわ》かった。

「海斗さん。すごいのです。以前、空を飛んだのに匹敵《ひってき》する凄《すご》さなのです。人類の可能性を感じる勝利でした」

「冷静に考えると氷を足場にするっておかしいわよね」

「それは今だから言える事だろ。あの時はこれしかないと思ったんだよ。ヒカリンだって何も言わずに『アイスサークル』で氷を出しただろ」

「海斗さんに言われるまま出してしまったのです。あの時は何の疑問も持ちませんでしたが、海斗さんが駆《か》けて行くスピードを見た瞬間に危ないかもとは思ったのです」

「普通はあのスピードで躊躇《ちゅうちょ》無く氷を踏み台に向かって行くのは無理だろう。ある意味勇気がいる事だな」

「それって褒めてるんですか？」

「もちろんだ。結果としてカメラも海斗が一人で撃退《げきたい》した様な物だしな」

まあバタバタしたけど倒した事に間違いは無いので、その場に座《すわ》り込んで一息つく。

「あ〜疲れた。次からカメラの対策が必要だな」

「また海斗さんが同じ事をすれば大丈夫なのでは？」

「うん、無理」

「海斗〜。わたしかシルが一撃かましてやればいいだけだろ」

「まあそうなんだけど」

ルシェの言う様に二人に一撃で仕留めてもらうのが一番良いのだろうが、他のメンバーの底上げには全くならないので考えものだ。

腰《こし》を下ろして、今後のカメラ戦をどうしようかなと考えながら、何気に手元のバルザードに目をやる。

「ん？」

いつもの見慣れたバルザードだが一瞬違和感《いっしゅんいわかん》を覚えて、刃の部分をよく見てみる。

「あああ〜！」

よく見るとバルザードの刃先の部分が一部欠けていた。

俺の、俺の大事なバルザードが〜。

「急にどうしたのよ」

「それが……」

「びっくりしたのです。虫でも出ましたか？」

「いや、虫じゃない」

「どうしたんだ？　そんなに大きな声で」

「俺のバルザードが、欠けました」

「えっ？」

さっきのカメラ戦で欠けたのだと思うが、僅かながら先端《せんたん》に近い位置がギザギザになっている。

カメラの外装が硬過ぎたのか、もしくは遠心力で変な力がかかったのか。

可能性としては金属疲労も考えられるが、おっさんの店で魔剣《まけん》用の砥石《といし》を買ってからはDVDを見て自分なりに研究を重ねて毎日の様に研《と》いできたのでメンテナンス不足という事はないだろう。

「欠けたってどういう意味？」

「刃が欠けた。刃こぼれしたって意味」

「バルザードって魔剣よね。魔剣って刃こぼれするの？」

「一応武器屋のおっさんに聞いてはいたんだ。形あるものは壊《こわ》れる。魔剣だろうが使えば当然壊れる事もあるって。そう言われてメンテナンスも毎日欠かさずにやってたんだけどダメだった」

「ちょっと見せて」

そう言ってミクがバルザードを手に取りじっくりと刃を見始めた。

「これか〜。確かに欠けてるわね。でも少しじゃない。このぐらい大丈夫じゃないの」

「私にも見せてくれ。あ〜魔剣も欠けるんだな。勉強になったよ。私も武器の扱《あつか》いには気を付けないといけないな。でもこれなら大丈夫だ。このぐらいなら、それほど斬《き》ったり突いたりする事に影響は無いと思う」

「あんまり硬い敵に使わない方がいいのかもしれませんね〜」

「でも、バルザードを使わないと俺の攻撃手段が『ドラグナー』だけになっちゃうからそれは難しいよ。それにしてもこれ研いだら直ったりしないかな」

「これだけ欠けてるとおそらく素人《しろうと》が研いだのでは難しいだろうな」

「えっ、さっき大した事ないって言ってませんでしたか？」

「う、ううん、まあそうは言ったが、素人で直せるレベルは超《こ》えてるかな」

「それじゃあ直らないんですかね」

「いや、プロの研ぎ師《し》であれば十分直せる範囲《はんい》だと思うぞ」

「そうですか。それじゃあ、明日にでも武器屋に持って行ってみます」

「直るといいわね」

「うん……」

おっさんから魔剣も壊れる事があるとは聞いていたが、実際に起こってしまうとショックが大きい。

デカすぎる。

俺のバルザードが……。

よくよく思い返してみるとカメラを倒す時に選択《せんたく》を誤ったかもしれない。

下から突き刺した時にのせたイメージは破裂。一瞬《いっしゅん》で勝負を決める為《ため》に破裂のイメージを選択した。

刺した瞬間にはかなり硬い抵抗を感じた。

もしあの時に切断もしくは刺すイメージをのせていれば、バルザードの刃に負担をかける事無く突き刺す事が出来ていたかもしれない。

突き入れた後で破裂のイメージをのせるべきだったのだろう。

勝負を急いで焦ったのと、ＭＰの節約も頭にあり一撃で決めようとしてしまったのが裏目に出てしまった。

やってしまった。

今回高すぎる授業料だが一つ勉強になったと諦《あきら》めるしか無い。

「そういえばベルリアもカメラに斬り込んでたけど剣は大丈夫なのか？」

「マイロード、大丈夫かと聞かれればもちろん大丈夫ですが、刃こぼれはもちろん有りますよ」

「え？　刃こぼれあるの？　大丈夫なのか？」

「当然あれだけ硬い物を斬れば多少の刃こぼれはありますが、そもそも私の二刀は切れ味重視というよりも、重さと勢いで叩き斬るタイプですので、そこを余り気にしても仕方が無いのです」

「そういう物か？」

「剣とはそういう物です。斬ればその分傷《いた》みます。特に私のは魔剣という訳でもありませんので」

ベルリア、魔剣が欲しいのは分かるが、傷心の俺に対してその言い方はどうなんだ。

「は〜っ」

「あんまり気にしても仕方がないじゃない。プロが研げば直るみたいだし」

「そうなんだけど」

バルザードの刃こぼれを見つけてしまったせいで、カメラ戦の疲労が三倍増しで襲《おそ》ってきて身体が重い。

ミクの言う通り修復可能っぽいのが不幸中の幸いだったと思うしかない。

十分程《ほど》の休憩《きゅうけい》をとってから重くなった身体を起こし探索《たんさく》を開始する。

バルザードも刃こぼれしたとはいえ使えなくなった訳では無いので気を取り直して探索を続ける。

ベルリアが魔剣を欲しがっているのは分かるが、それよりも俺の予備の方が急務かもしれない。

下級龍《りゅう》にカメラといい敵モンスターも強力になって来ているので武器にも万全《ばんぜん》を期したいところだ。

搦手《からめて》では無く力押《お》しで来るタイプのモンスター達《たち》なので比較的相性《ひかくてきあいしょう》は良いと思うが、それでも結構苦戦している。

「明日はデートなんでしょ」

「まあ、デートではないけど」

「どこに行くのか決めたの？」

「朝はバルザードを直しにダンジョンマーケットに行くけど」

「まさかダンジョンマーケットだけじゃないでしょ」

「一応日曜日は考えたんだけど明日は特別何も」

「海斗さんフラれますよ」

「……映画にしようかな」

「映画の頻度《ひんど》が高くないですか？」

「そうかな。春香が映画好きって言ってたから」

「映画ばっかりだと飽《あ》きられるのです。出来ない男感が滲《にじ》み出てきてるのです」

「出来ない男感。普通《ふつう》は出来る男感じゃないのか？」

「海斗さん、明日は映画で許しますけど次の週はもう無理ですよ」

ヒカリン、無理って何？　しかも許しますけどって別にヒカリンに許してもらわなくても……。

言われなければ毎週映画に行っていたかも知れないが、これが出来ない男ってこと？

映画で十二分に楽しいと思うのだが、デート情報をもっと検索《けんさく》した方がいいのだろうか。

「ご主人様、敵モンスターです。今度は三体です」

「俺とベルリアとあいりさんが前に。数が多いからシルとルシェもサポート頼んだぞ」

単体での出現が続いていたので三体出ると多い気がしてしまうが、ユニコーンかペガサスかもしれない。

いつも通りのフォーメーションで進んでいくと現れたのは、下級龍《りゅう》二体にカメラが一体だった。

「こいつらって単体でしか出て来ないいんじゃないのか！」

どうする？　想定していなかった下級龍とカメラの組み合わせだが、どう考えても三体はきつい。

「ベルリアとあいりさんで左側の下級龍を。ミクも一緒《いっしょ》に頼んだ。俺が右側の下級龍を倒す！　ヒカリンはフォローして。カメラはシルが相手にしてくれ。ルシェも頼んだぞ」

シルにカメラの相手を頼んでから、俺は下級龍との戦闘に臨《のぞ》む。

『ウォーターボール』

俺はバルザードに氷を纏《まと》わせてからナイトブリンガーの効果を発動する。

下級龍も硬い。これ以上の刃こぼれを防ぐ為にも魔《ま》氷剣《けん》を発動しておく。

ＭＰは勿体無《もったいな》いが今は刃こぼれしない事を最優先に考える。

『アースウェイブ』

ヒカリンが魔法《まほう》を発動して俺の相手の足止めを敢行する。

魔法の効果で下級龍の後ろ足が沈み込《こ》み動きが止まる。

それを見計らって一気に距離を詰《つ》めて下級龍を討《う》つべく、魔氷剣の間合いに踏み込もうとするが、ブレスを仕掛《しか》けてくるのが見えたので回避《かいひ》すべく左横にシフトする。

回避した直後にファイアブレスが吐《は》き出されたが、アサシンの効果でファイアブレスが少しだけスローに感じ取れる。そのまま大きく踏み込んでからブレスを吐き終わったばかりの下級龍の喉元《のどもと》に魔氷剣を叩き込む。

龍の首に叩き込んだ魔氷剣は、ほとんど抵抗感無く首に食《く》い込み、そのまま首を刈《か》り取る事に成功した。

明らかに魔氷剣の性能を超えた一撃で下級龍を葬《ほうむ》る事に成功したが、これはたまにあるアサシンのもう一つの効果が発現したのだろう。

アサシンのもう一つの効果。会心の一撃というか、思いがけずバルザードの切れ味が増す事がたまにあるが今のはそれだろう。

この調子ならブレスのタイミングさえ気にしていれば、下級龍は問題無く倒せそうだ。

左側に目をやると、ベルリアとあいりさんが交戦しており、カメラの方に向くと丁度シルが神槍ラジュネイトの一撃を放つところだった。

「亀がいくらくるくる回っても所詮《しょせん》は亀です。我《わ》が敵を穿《うが》て神槍ラジュネイト」

シルが回転するカメラに向かって高速の一撃を放つと、カメラはその体に大きな風穴を作り消失してしまった。

ルシェが手伝った形跡《けいせき》は無く、どうやらシル一人で瞬殺《しゅんさつ》してしまったらしい。

あれ程俺達《ほどおれたち》が苦戦したカメラを一撃で倒してしまった。

シルの矛《ほこ》はカメラ程度の盾《たて》では問題にならないという事らしい。

俺には無縁《むえん》の力だと分かってはいるが、最強の矛を持つシルが少し羨《うらや》ましい。

「シル、流石《さすが》だな」

「ありがとうございます。ご主人様もすごかったですよ」

「見てたのか？」

「はい、もちろんです」

「シルに比べるとな～」

「いえご主人様も確実に強くなっています」

お世辞でもシルに褒められると嬉《うれ》しい。

「やあああああ～！」

あいりさんの大きな声が聞こえて目をやるとあいりさんが『斬鉄撃』を発動して薙刀を

一閃するのが見えた。

薙刀が振《ふ》り切られると同時に下級龍の首が落ちて消滅《しょうめつ》した。

あいりさんも流石だ。

恐《おそ》らく三体倒すのに一分かかっていないと思うので、ほぼ完勝と言っていい出来だと思う。

下級龍の倒し方はパーティ全員で共有出来ており、カメラについてはシルに丸投げする事で今までに無くスムーズに戦闘を運ぶ事が出来た。

「みんなお疲れ様《さま》。思ったよりうまくいったな～」

「そうですね。すぐに戦闘が終わったので消耗も少なかったのです」

「下級龍はなんとかなりそうだけど、亀の方は流石シル様ね」

「シル様は流石だが、三体で現れたということは次亀三体の可能性もある。十分に気をつけて進む方がいいだろう」

「そうですね」

カメラ三体か。その場合二体はシルとルシェで対応出来るとして、もう一体は俺達《おれたち》の担当になるだろうから、やはり何らかの対策が必要だろう。

「ふ～っ」

「ヒカリンどうした？　疲《つか》れたの？」

「いいえ大丈夫《だいじょうぶ》です。ホッと一息ついていただけなのです」

「そう、それならいいけど」

一回毎《ごと》の戦闘時間はそれ程長くは無いが、精神的には確実に消耗しているので、その後十六時を待たず少し早めに切り上げて今日の探索を終える事にした。

ダンジョンを切り上げてから家路についたが、今日はバルザードを持って帰っているので少し目立ってしまう。

もちろん鞘《さや》に入れているが、ロッカーを借りてから最近武器を持ち運ぶ機会も余り無かったので、なんとなく周りの目が気になってしまう。

以前は全く気にならなかったのに、これが慣れというものなのだろう。

バルザードの事もあるが、本当はそろそろマジックポーチが欲しい。

家への持ち運びももちろんあるが、ダンジョンの敵もだんだん強くなってきたので身軽な動きを確保する為にもそろそろマジックポーチが必要なタイミングが来ているような気がする。

俺の荷物はそれ程多くは無いので一番小さいポーチでいけると思うけど、ミク達のポーチは一千万は下らない筈《はず》だ。

出来る事ならハーフサイズや中古のポーチが安く出回ったりしないだろうか？

一番いいのはドロップする事だけど、今まで一度もドロップした事がないので望みは薄いだろう。

火力アップにランチャーも捨て難いけど、マジックポーチが優先だろう。

せっかくなので明日武器屋のおっさんにも聞いてみようと思う。

第五章 いつもと違う週末

今日は久しぶりに春香《はるか》と遊びに行く為に駅で待ち合わせをしている。

九時三十分に駅で待ち合わせの約束をしたが俺は九時前から待っている。

テスト勉強を一緒にしたし学校でも先日まで一緒に授業を受けていたのに、春香とのお出かけが楽しみで小学校の遠足前の様にテンションが上がってしまい、朝七時前に目が覚めてしまった。

家にいても落ち着かないので早めに出て来て既《すで》に二十分以上待っているが、突然《とつぜん》春の香りを纏った天使が目の前に現れた。

「おはよう」

「ああ、おはよう」

春香は季節感あふれる水色のワンピース姿で、さながら春の妖精《ようせい》。

本当にワンピースがよく似合っている。

一方の俺は普段通りのデニムのパンツに量販店《りょうはんてん》で買ったグレーのパーカー。

春香と並ぶと若干《じゃっかん》の違和感《いわかん》があるが、これぱっかりは仕方がない。

「海斗《かいと》が持ってるのって、剣だよね。でも前買ったのより小さい気がするんだけど」

「うん、よく分かったね。前買ったのとは別物で俺がメインで使ってる剣なんだけど、昨日刃こぼれしちゃったから、ダンジョンマーケットへ修理に出したいんだ」

「うん、早く行ったほうがいいと思う。ダンジョンでは安全第一だから。でも前の剣も折れたって言ってたし、剣って結構折れたりする物なんだね」

「折れたのはこの前のが初めてなんだけど、これ一応魔剣なんだ。だから大事にしたくって」

「魔剣？　魔剣ってこんな感じなんだね。もっと炎が出てたり、妖気《ようき》みたいなのが吹《ふ》き出したりしてるかと思ったよ」

「そういう魔剣もあるかもしれないけど、これはそんなんじゃなくて成長するんだ。最初はこのぐらいのステーキナイフぐらいしかなかったんだけど、成長して今はこのサイズなんだ」

「剣なのに成長するんだね。魔剣ってやっぱりすごいんだね。でも魔剣っていうぐらいだから呪《のろ》われたりは大丈夫？」

「魔剣っていってもこれは呪われた剣とかじゃないから大丈夫だよ」

「そうなんだ。パパも使ってたのかな……」

「え？」

「ううん、なんでもない。いこっか」

さっそく春香と一緒にダンジョンマーケットに向かう。

やばい。

普通に並んで歩いているだけなのに春香がまぶしすぎる。春の木漏《こも》れ日《び》を受け優《やさ》しく輝《かがや》いているように感じてしまう。いや実際に輝いている。

「それじゃあ、いつものおっさんのお店だから」

「あ～あのお兄さんのお店ね」

ダンジョンマーケットについてすぐにおっさんの店に直行した。

「こんにちは」

「お～坊主《ぼうず》か。またお嬢《じょう》ちゃんと一緒なのか。仲のいい事だな。今日は何買ってくれるんだ」

「いえ今日はこれを研いで欲しいんです」

そう言ってバルザードをおっさんに見せた。

「これは、ここで買った剣じゃね～な。あれか、この前言ってた魔剣か」

「そうです」

「あ～これか。おい、先の部分が結構欠けてんじゃねえか。それにしても珍《めずら》しいタイプの魔剣じゃね～かよ。店では見た事ね～な」

「自分の力でドロップした剣ですからね」

「ちょっと小振《こぶ》りだが、特殊効果《とくしゅこうか》はなんかあんのか？」

「一応、これ成長するんです。これで既に二回成長してます。それとイメージを斬撃に伝える効果があります」

「ほう、成長する魔剣か。それじゃあまだ成長する可能性があるって事か。しかし二回成長してこの大きさって元の大きさはどのぐらいだったんだ？」

「ステーキナイフぐらいです」

「ステーキナイフ⁉　おいおい、そんなサイズの魔剣見た事ね～ぞ」

「ギルドでも最小かもと言われました」

「ふ～ん、よくそのサイズからここまで育てたな。普通そのサイズの魔剣をメインで使って育てようとは思わね～だろ。ある意味スゲ～な」

「それよりこれ直りますか？」

「ああ、この程度なら問題無く直るぞ。ただし、研いで直すって事はその分は刀身が薄くなるって事だからな。何度もやってるとそのうち折れるぞ」

「欠けたのは今回が初めてです」

「ま～今後は気をつけるんだな」

「明日の夜か明後日の朝までにお願いしたいんですけど、出来ますか？」

「あ～？　明後日まで？　これでも俺も忙《いそが》しいんだぜ？　明後日までなら二十万だな」

二十万か。安くは無いが直るのなら必要経費だろう。

「じゃあ、それでお願いします」

「おお、それじゃあ俺が魂込《たましいこ》めて研いどいてやるよ」

「お願いします」

魂込めてっておっさんが研ぐのか。本当に大丈夫だろうな。まさかマッスル魂《たましい》が宿ったりしないよな。

「それと聞きたいんですけど、マジックポーチの中古とか格安品ってあったりしますか？」

「悪ぃ～けど今はねえぞ。たまに装備一式下取りする時にポーチも一緒に買い取る事もあるけどな」

「それってどのぐらいの価格ですか？」

「小さいやつで五百～六百万ぐらいだ」

「やっぱりそのぐらいしますか」

「マジックポーチは人気あるから中古はすぐに売れんだよ」

「そうですよね」

「まあ稀《まれ》に劣化《れつか》ポーチが出ることがあってその場合は三百万ぐらいからの時もあるけどよ」

「劣化ポーチってなんですか?」

「ああ、たまに普通の物より容量が少なかったり、重量軽減が中途半端《ちゆうとはんぱ》だったりするB品みたいなのが出ることがあんだよ」

「それって使えるレベルなんですか?」

「パーティ全員分とかは無理だろ~けどよ。一人分なら問題ない場合がほとんどだぜ」

「じゃあ、もしそれが出たら取っといてください」

「あ~?　劣化ポーチが欲しいのか?　そもそも坊主金まだ残ってんのか?」

「三百万なら何とかします。使えるポーチなら買います」

「分かったよ。出たら取っといてやるよ」

「お願いします」

劣化ポーチとは良い事を聞いた。俺《おれ》のパーティは俺以外みんなマジックポーチ持ちなので俺の分さえ収まれば全く問題ない。おっさんの話を聞く限り劣化ポーチで十分な気がする。値段も三百万なら何とか出せるので、これから週に一回はおっさんの所に顔を出す必要があるな。

俺はおっさんに礼を言ってから春香と二人でショッピングモールへと向かう。

「海斗、マジックポーチ買うの？」

「うん、敵も段々強くなって来てるし予備の武器とかも持っていきたいから、マジックポーチは必要だと思うんだ」

「それにしても前に買った銃《じゅう》もそうだけど、ダンジョンで使う物って全部高いね。中古の劣化ポーチで三百万円って、車が買えちゃうよ。びっくりだよね」

「それは俺も思うけど、買う人がいるからその値段になってるし、こればっかりは仕方がないよ」

「よくドロップアイテムとかって聞くけど、マジックポーチは落ちてたりしないの？」

「う〜ん、俺も本当はドロップして欲しいんだけど今まで一度もドロップした事がないから難しいと思う」

「そっか〜。じゃあ高くても仕方がないね」

そんな話をしているうちにショッピングセンターに着いたので先に映画の上映時間を確《かく》

認《にん》する。

「どれか見たい映画ある？」

「今一番見たいのはこれかな～」

「ああ『あなたの肝臓《かんぞう》を食べたい』か～。流行《はや》ってるみたいだな。それじゃあそれにしよう。でも次の回が十三時からだからしばらく時間があるね」

「ちょっと早いけど先にご飯食べようよ」

「そうしようか」

フードコートで俺はラーメンを食べる事にしたが、春香はたこ焼きを食べるらしい。

お昼とはいえたこ焼きだけでは少なくないんだろうか？

「お昼にたこ焼きか～」

「美味《おい》しいよ。良かったら海斗も一個食べる？」

「え？」

「はい、熱いから気を付けてね。あ～ん」

「あ……」

「どう？」

「お、おいひいです」

「でしょ〜。映画館でポップコーンも食べようと思ってるから､海斗も一緒に食べようね」

「は、はひ」

春香にたこ焼き「あ〜ん」って。

正直熱いだけで、たこ焼きの味なんか全くわからなかった。

だけど、やばい。

口の中だけじゃなく全身が熱い。

顔が燃えてしまいそうだ。

「海斗は昨日もダンジョンに行ってたんでしょ」

「う、うん、そうだよ」

「隼人《はやと》くんや真司《しんじ》くんも一緒だったの？」

「いや二人は別だよ。最近二人共別でパーティ組んだみたいだから」

「じゃあ今海斗はダンジョンに一人で行ってるの？」

「いや、あの、一人ではないよ。俺サーバントもいっぱいいるし」

「そうなんだね。パーティは全部で何人いるの？」

「え〜っと……七人と一匹《ぴき》かな」

「へ〜っ。パーティって結構人数が多いんだね。それに一匹って？」

「ああ、メンバーのサーバントにカーバンクルっていうイタチみたいなのがいるんだよ」

「カーバンクル？　ちょっと見てみたい気もするな～。可愛《かわい》い？」

「うん、あれは可愛いな。結構モフモフだし、撫《な》でるとつやつやだし」

「そうなんだね」

ダンジョンの話をしながらご飯を食べていると良い時間になったので映画館に再度戻《もど》ってからポップコーンとジュースを買って持ち込んだ。

「海斗、このペアセットの方がお得だよ」

「あ、そう、そうだね。じゃあそれで」

映画館の売店でポップコーンを買ったがLサイズを春香と二人で分ける事になった。

俺は普通にレギュラーサイズとジュースを買おうとしたが、Lサイズとジュース二個のペアセットの方がお得だったので春香の勧《すす》めでセットを買うことになった。

俺は若干躊躇《じゃっかんちゅうちょ》してしまったが二人で一つのポップコーンを食べながら映画を観《み》る。

これはまるでデートのようだ。

意識するなというほうが無理だろう。

むしろ意識しすぎて食べ辛い。

普段《ふだん》とは違う妙《みょう》な緊張《きんちょう》感の中映画が始まった。

ストーリーは、主人公とヒロインが高校で出会う所から始まる。

主人公は所謂《いわゆる》デブだったのだが、彼女《かのじょ》に出会いダイエットに励《はげ》む事となる。

彼女の献身的《けんしんてき》なサポートもありダイエットに励む中での笑いと恋愛《れんあい》がミックスされた学園青春ラブストーリーだった。

必死にダイエットしている主人公を前にポップコーンとジュースを飲み食いする事に若干の罪悪感を感じながら、春香が食べていないタイミングを見計らって手を伸《の》ばし食べる。

タイミングが重要なので指先に集中するが、集中しすぎて映画の内容が頭に入って来ない。

「ふふっ」

春香の小さな笑い声が聞こえたのでスクリーンを見ると、主人公がまわしを締《し》めて相撲《すもう》エクササイズに精を出しているシーンだった。

映画の中の主人公はダイエットが順調にいかなかったり、リバウンドして心が折れかけたりする中で、彼女との交流で再びやる気を取り戻《もど》して最後にはダイエットを成功させた。

クライマックスはダイエットに成功した主人公が彼女に告白をしてOKを貰《もら》いハッピーエンドとなるのだが、なんと彼女は、ぽっちゃりも好きというオチが最後に待っていた。

映画を見る限り肝臓を食べたいという題名は肝脂肪《かんしぼう》を減らしたいという意味合いらしい。

ショッキングな題名なので内容を知らずに観た俺は、途中《とちゅう》どこで猟奇的《りょうきてき》なシーンが出てくるのかと違う意味でもドキドキしながら観ていたが、幸いな事に最後までそんなシーンは出て来なかった。

よくよく考えるとR指定されていない時点でそんなシーンが出てくるはずは無かったが、題名のインパクトが強すぎて途中まで全く気が付かなかった。

「面白《おもしろ》かったね」

「ああ、思ってたのと違ったけど面白かったよ」

「あの相撲エクササイズが何ともいえずに笑っちゃったよ」

「あれは面白かったな〜。でもあれだけ頑張《がんば》って痩《や》せたのに彼女は、ぽっちゃりも大丈夫ってどうなんだろう」

「ぽっちゃりでも大丈夫っていう女の子は多いと思うけどな〜」

「えっ？　春香もぽっちゃりが好きなの？」

「私は特別ぽっちゃりが好きな訳じゃないけど、好きな人がぽっちゃりなのは全然大丈夫だよ」

「そうなんだ。じゃあ春香はどんな体型が一番好き？」

「私は普通の感じが良いかな〜」

「そ、そう。普通が一番だよね。うん」

俺は中肉中背だし所謂《いわゆる》普通《ふつう》だよな。

ただダンジョンに潜《もぐ》り続けたせいで最近は少し筋肉質になって来ているが、一応普通の範疇《はんちゅう》に収まっているはずだ。

「海斗はどんな体型が良いとかあるの？」

「俺？　特にはないけど、俺も普通が良いです」

「男の子と違って女の子の普通は色々あると思うんだけど」

「痩せすぎず健康的な感じが良いと思うけど」

「そうなんだね」

俺としては春香の体型が一番良いに決まっているが、本人を前に伝える事など出来るはずもないので、健康的な感じが良いと伝えてしまった。

春香は健康的かつ魅力《みりょく》が溢《あふ》れている。

この魅力は体型からくるものだけでは無く、顔や内面を含《ふく》めた春香という存在が醸《かも》し出しているものだと思うので、体型の好みなど俺には全く意味の無い話だ。

ただ映画の主人公はどう見ても太りすぎていたので健康の為にもダイエットは必須《ひっす》だったと思う。

劇中でも主人公は高校生にして既に成人病を心配されており、体脂肪率《たいしぼうりつ》が四十パーセントもあった。

やっぱり健康はプライスレスだ。

映画を見終わったが時刻はまだ十五時十五分なので、まだ時間は十分にある。

映画以外は、ほぼノープランだったのでこの後特に予定はない。

「春香、この後どうしようか？」

「海斗は、ショッピングモールでしたい事とかないの？」

「ここでしたい事か。それじゃあ服が買いたいかな。春香はおしゃれな服着てるけど俺はこんなだし」

「うん、じゃあ海斗の服を買いに行こう。私が選んでも大丈夫かな？」

「もちろんだよ。お願いします」

朝会った時から春香と俺の格好の違いが気になっていたので、春香に服を選んでもらう事にする。

「今の季節に海斗はいつもどんな服を着てるの？　今日みたいな感じなのかな？」

「うん、そう。大体トレーナーかパーカーにデニムのパンツ」

「今日は一種類だけ買う？」

「いや出来たらいくつか選んでくれたら嬉しいけど」

「それじゃあ、最初はあのお店に入ってみようよ」

春香に連れられて入ったのは、俺が普段着るような服を扱《あつか》っているカジュアルウェアのショップだった。

「海斗はトレーナーとかパーカーってどんな色のを着る事が多いのかな?」

「ほとんどグレー系だけど」

「それじゃあ今日は違う色にもチャレンジしてみようよ」

「おまかせします」

おまかせするとは確かに言ったけど、何回かの着せ替《か》えを経て今着ているパーカーはピンク色だ。

「春香、これピンク色なんだけど……」

「うん、良い感じだね。春っぽいしオシャレだよ」

「そ、そうかな」

「うん、やっぱり似合ってる。一着はこれにしようよ」

ピンクのパーカーか。今までの俺の人生には全く登場しなかったアイテムだが、これ大丈夫なんだろうか?

「春っぽくってすごくお似合いですよ」

「そうですか？」

店員さんも薦《すす》めてくるが、本当に似合ってるのだろうか？

確かに、今日着ていた服に比べると随分《ずいぶん》オシャレになったような錯覚《さっかく》は覚えるが、俺がピンク色の服を着て大丈夫か？

「うん、海斗やっぱり似合ってるよ」

うん、着れる！　春香が似合ってると言うのだからそれを信じる。

「じゃあ、これください」

春香におまかせした以上俺に買わないという選択肢《せんたくし》は無い。

一軒《けん》目の店でピンクのパーカーを買い、次に連れて行ってもらったのは前回も来たちょっとオシャレな大人っぽいお店だ。

「じゃあ、次は大人っぽい感じで選んでみるね」

「はい、お願いします」

そこからは、また着せ替えショーが始まった。

「う～ん、ちょっと違うかな～。海斗次はこっちに着替《きが》えてみてね」

春香が真剣《しんけん》に選んでくれているので俺としては何の不満も無いが、俺の着せ替えショーなど誰《だれ》にも需要《じゅよう》が無いと思う。

「あ～良いんじゃないかな。ぐっと大人な感じ」

「そ、そう？」

「お客様、大変お似合いです。彼女さんのセンスが光りますね～」

今度選んでくれたのは、薄手《うすで》の白のセーターに麻《あさ》で出来たジャケットだ。

「そのジャケットは麻で出来ているので、これからのシーズンにぴったりです。夏までいけますよ」

「ああ、そうなんですね」

俺に服の素材の話をされてもいまいちピンと来ないので答えようが無い。

「海斗、これいいと思う。よく似合ってるよ」

「そ、そう？　じゃあこれください」

ジャケットも購入《こうにゅう》し次のお店で購入したのはズボンだ。

「これ変じゃない？　裾《すそ》がゴムでちょっと今まで穿《は》いた事が無い感じなんだけど」

「うん、ジョガーパンツって言って結構流行ってるみたいだよ」

「ジョーカーパンツ？」

「違うよ」

「ジャガーパンツ？」

「ジョガーパンツだよ」

ジョガーパンツ？　聞いた事が無いけど世の中では流行ってるのか？

ちょっとオシャレなスエットかトレーニングウェアのズボンみたいだけど。

「そうなんですよ。今流行ってるんです。ジョガーパンツ。色もいい感じですよ」

「そうですよね。海斗私も良い感じだと思うよ」

店員さんと春香が一緒になって薦めてくる。

これも今までの俺の人生には登場した事の無いアイテムだ。

「そうかな。じゃあこれください」

「お買い上げありがとうございます」

春香に手伝ってもらっていろいろと春服を買う事が出来てよかった。

自分では絶対に買う事の無い服だが、春香が良いと言ってくれているんだから良いんだろう。

俺一人で買いに来たら、またグレーのパーカーを買って帰っていたと思うが、春香のおかげでまた少しだけ大人になれた気がする。

翌朝、さっそく俺はピンクのパーカーにジョガーパンツを穿いてみた。

上下着て鏡を見たが正直違和感しか無かった。

「海斗おはよう。服良い感じだね」

「そ、そうかな。自分ではよく分からないんだけど」

「オシャレな感じに見えていいと思うよ」

「それなら良かったけど。春香のもこの前一緒に選んだ服だよね」

「うん、今日は乗り物に乗るから」

春香が着ていた服は以前一緒に選んだパステルカラーのパンツルックだった。

試着の時もいいと思ったが、外で見ると一際《ひときわ》輝いて見える。

普段スカートを履いた春香しか見る機会がないので、新鮮《しんせん》かつ鮮烈《せんれつ》で可憐《かれん》。

その姿はさながら春の風を運んでくる天使。

天使といえばルシールも天使だが春香は本物の天使にも全然負けてない。

今日は一日テーマパークに行く予定だ。

今日行くのは恐らく日本で一番人気のあるテーマパークであるラッターランドだ。

俺も小学生の時に遠足で行ったことはあるがそれ以来となるラッターランド。

夢の国との触《ふ》れ込みだが、彼女も女友達もいなかった俺には全く縁《えん》の無い場所だった。

世の中には一人で来るのを楽しみにしている強者もいるとネットで見た事があるが、特にラッターに興味の無い俺が一人で訪《おとず》れた場合は、悪夢しか見ない気がする。

「春香はラッターランドは何度か来てるの？」

「うん、ママと何度か来たことあるし昔パパとも。それに友達とも来たことあるよ」

「あぁ、俺は一回しか来たことないから乗りたい乗り物があったら言ってよ。まかせるから」

「うん。私はね〜ジェットコースターとかライド系の乗り物が好きなんだけど海斗は大丈夫？」

「ああ、まかせといてよ。なんでも大丈夫だよ。それと今日の入園料は俺が払《はら》うから」

「えっ？　良いよ私もお金持って来てるし」

「昨日服を選んでもらったお礼だから気にしないでよ」

「う〜ん、じゃあお願いします。ありがとう」

このラッターランドだが事前に調べた所小学生で来た時よりも随分値上がりしており、普通《ふつう》の高校生ならお小遣《こづか》い一ヶ月分ぐらいは普通にかかってしまう。

俺が誘《さそ》ったのだから俺が払うのは当然だろう。

電車で移動して一時間程《ほど》でラッターランドに着いたが、オープン前にもかかわらず既に百人単位の人が行列を成《な》している。

「すごいな……」

「春休みだし日曜日だからね。やっぱり人は多いよ」

遠足の時も人は多かった印象はあったが、あれは平日だったのでこんなに並んでいるイメージは無かった。

正直甘《あま》く見ていたかもしれないと思いながらチケットを買う為《ため》に列に並んだ。

なんとチケットを買うだけで二十五分も並んでしまったが、春香も一緒《いっしょ》に並んでくれたので全く苦にはならなかった。チケットを買うと今度は入園の為の列に並ぶ事になった。

「俺、普段並ぶ事とかないからビックリだよ」

「やっぱり、ここは特別じゃないかな」

「並ぶの大丈夫だった？」

「海斗、こういう所は並ぶ事も楽しみの一つでしょ」

「ああ、そんなもんかな」

「うん、焦《あせ》っても進む訳じゃないしゆっくり待つのが良いよ」

春香は達観してるな～。春香がいるから今の俺には並んでいる時間も楽しみでしかないが、これが一人であれば絶対に無理だ。修行《しゅぎょう》いや苦行でしかない。

周りに並んでいる人達に目をやると日曜日だけあって小さい子供を連れた親子連れが目

立つが、やはりカップルと思《おぼ》しき人達も多い。それに思いの外女の子だけのグループもいるようだ。

このテーマパークはラッターという野ネズミをモチーフとしたキャラクターをメインに色々なキャラクターを配置した乗り物が売りとなっているが、全世代に人気があるそうだ。

小学生の時に来た時よりも乗り物も新たに増えているようなので楽しみだが、よく考えてみると余り遊園地の乗り物に乗った記憶《きおく》が無い。

そういえばラッターランドにも両親と来た記憶は無い。

動物園とかには連れて行ってくれていたのに今考えるとどちらかが乗り物が苦手なのかもしれない。

ラッターランドの開園と共に順番に入場したかと思うと、先に入った人達が猛《もう》ダッシュを始めているのが見える。

「春香、なんか先に入ってる人が走ってるんだけど」

「うん、人気のアトラクションに先に向かってるんだと思う」

「なんか凄《すご》いな。俺達《おれたち》も走る？」

「急いだほうがいいとは思うけど、危ないし走らなくても大丈夫だよ。今スマホで一つは予約しといたから」

「え？　アトラクションってスマホで予約できるの？」

「うん、中に入ってからしか出来ないんだけど予約できるんだよ」

スマホでアトラクションの予約。思いもつかなかった。

遠足の時はスマホも持ってなかったし、もちろん予約なんかしなかったが、俺の知らないうちにテーマパークの進化が凄い。

「それじゃあ最初にどれ乗ろうか？」

「それじゃあ朝の方が空いてるから一番人気のゴッドサンダースプラッシュに行ってみようよ」

春香の勧めで足早に目的のアトラクションに向かうが、ゴッドサンダーとはまるでシルのスキルの様な名前だが本物の凄さは見た者にしか分からないだろう。

「名前からしてジェットコースターなんだよね」

「そう。だけどジェットコースターが最後に水面ギリギリを走るんだよ。乗ったことあるけどあれはすごいよ」

「ふ〜ん、そうなんだ」

遠足の時にはそんな乗り物は無かった気がするので新しく出来たのだろう。

そもそも、俺の記憶の中にジェットコースターに乗った覚えがほとんど無い。

「……これ？」

「うん、そうだよ。すごいでしょ」

「なんか高くない？」

「うん、ラッターランドの中では二番目の高さだって」

「これで二番目？」

俺の目の前には高層ビルを凌《しの》ぐ高さから落ちてくるジェットコースターがあった。

ここってラッターをモチーフにしたアトラクションだよな。

ラッターってアットホームな感じでこんなに激しい感じじゃ無かったと思うけど。

圧倒《あっとう》されながらも列に並ぶ事にするが既に三十分待ちとなっている。

「もう三十分待ちなんだな～。みんなすごいなぁ」

「三十分だったらいい方だよ。混んでるときは三時間ぐらいはかかるんだよ」

「すごいな。三時間か。ダンジョンに潜れそうだな」

「海斗、ダンジョンにジェットコースターはないでしょ」

「うん、そうだね」

「頑張ってるの知ってるから止めはしないけど本当に気を付けてね。ダンジョンは危ないところなんだからね」

「わかってる。気を付ける」

どうも最近頭の中の基準がダンジョンになりつつあるので、ちょっと良く無い傾向《けいこう》なのは自分でも分かっているのだが、もしかしたらダンジョンに潜りすぎなのかもしれない。

それにしても春の快晴の中ジェットコースターを前に春香と順番待ちをしているなんて、まるでデートのようだ。

もしかして周りの知らない人が見たら恋人《こいびと》のように見えるかもしれない。

「ク～ッ」

「海斗どうかした？」

「いや、なんでもないよ。ちょっと妄想《もうそう》に……」

「えっ？」

「いや、ジェットコースターに乗ってるのを想像して」

「うん、楽しみだね」

春香と話をしているうちに順番が近づいて来て乗り口へ誘導《ゆうどう》されて行く。

どうやら、ラッターが悪さをして神様から逃《に》げるという設定のジェットコースターらしいが、ジェットコースターなのに乗り口までエスカレーターで運ばれて行く。

「春香、エスカレーターで行くんだね」

「うん、そうだよ。スタートからまず落ちるんだよ」

「落ちるんだ……」

俺の知っているジェットコースターは最初低い所から上《のぼ》って行くイメージだが最初から落ちるのか。

初めてのアトラクションに段々緊張してきた。遂《つい》に順番が来てゴッドサンダースプラッシュに乗る事になったが、なぜか一番前に乗る事になってしまった。

「春香、一番前になっちゃったんだけど」

「うん、楽しみだよね。私も一番前は初めてだよ」

キャストの「レッツラッター」の掛《か》け声と稼働《かどう》した機械音と共に俺を乗せたゴッドサンダースプラッシュが進み始めた。

「ぎゃああああ〜」

スタートして直線に入った瞬間《しゅんかん》に落ちました。

落ちたような錯覚を覚えるほどに急激に加速して下りに入った。

「ぐううううう〜」

内臓が……。

出る……。

急激な落下の後に今度は振《ふ》られながらも徐々《じょじょ》に高度を上げて行く。

「うううう～」

スクリューしながらローリングしている。

なんだこれは……。

俺の知ってるジェットコースターじゃ無い。

激しい……。

鍛《きた》えられた俺の動体視力を以《も》ってしても視界がぶれる。

これ家族向けなのか？

必死にバーに掴《つか》まりながら春香に目をやると、
笑っていた。

そこには楽しそうに笑っている春香がいた。

俺がおかしいのか？　俺が慣れてないから衝撃《しょうげき》を受けてるだけでこれが普通なのか？

スピードを増しながらローリングして行くジェットコースターに乗りながら冷静な判断がままならない。

「ぐうううウゥ～」

強烈《きょうれつ》なGを伴《ともな》いながらゴッドサンダースプラッシュは更《さら》に加速して行く。

一体このジェットコースターはどこまで加速するんだ。

しかも落差が大きすぎる。

落ちたら死ぬ。確実に死ぬ。壊《こわ》れたり脱線《だっせん》したら確実に死ぬ。

ダンジョンでモンスターに追い詰《つ》められた時にも匹敵《ひってき》する恐怖《きょうふ》感が襲《おそ》ってくる。

「ははは っ」

俺の隣《となり》から楽しそうな笑い声が聞こえてくる。

春香は本当に楽しいようだが、俺にその余裕《よゆう》は無い。

数十分にも感じる強烈な加速がようやく終わり徐々に上って行く。

ようやく終わる。

少しだけ気が緩《ゆる》むが、ゴッドサンダースプラッシュはどんどん上って行く。

「どれだけ上るんだ……」

中間地点の段階で既《すで》にものすごく高い。

今まで自分が高所恐怖症《きょうふしょう》だと感じた事は無かったが、足が竦《すく》んで恐怖を感じる。

まだか？

レールの最上段が見えてきたので上りはそろそろ終わりそうだが、もう下を見る事は叶《かな》わない。

永遠にも感じた上りが終了《しゅうりょう》したと思った瞬間、今度は一気に落ちた。
「ぐわあああぁ～」
俺はダンジョンでもあげた事のないような叫《さけ》び声をあげてしまった。
落ちる～。
どこまでも落ちる～。
体の中にある全ての臓器が飛び出してしまう。
死ぬ……。
まだ落ちている。
一体どれだけ落ちるのだろう。
ダンジョンで何度か落ちたり飛ばされたりもした。
走馬灯のような物も何度か見た。
だが今のこの落下はそれらに勝る。
これは……家族で乗るもんじゃない。
恋人同士で乗る物でもない。
この乗り物を考えた奴《やつ》は間違《まちが》いなくおかしい。狂気《きょうき》の沙汰《さた》だ。
「ああああああ～」

　今までに感じた事の無い落下による内臓へのプレッシャーを感じながら、目の前に水面が迫《せま》る。

　死んだ……。

「ドォッパアア～ン」

　強烈な衝撃と共に水面に向かって突《つ》っ込《こ》んで行き、その瞬間に水しぶきが激しく上がり、最前列だった俺に思いっきりかかった。

「うぷっ！」

　やばい。かなり濡《ぬ》れた。この乗り物は一体何だ？

　構造的に欠陥《けっかん》があるんじゃないか？

　大量の水しぶきを浴びてしばらくすると、終着地点に到着《とうちゃく》した。

「終わった……」

「うん、すごく楽しかったね」

「……うん、そうだね」

　春香の表情を見る限り本当に楽しかったようだが、歩いている俺の足がおかしい。

　ふわふわして変な感じがする。

「写真だよ。どこかな～」

出口のところで写真を売っているが、どうやら俺達が乗っている写真の様だ。

「あ〜」

俺はいち早く写真を見つける事に成功したが、そこには楽しそうに笑《え》みを浮《う》かべる春香と、その横で鬼気迫《ききせま》る表情の俺が写っていた。

どう考えても人に見せられるような顔ではない。

「海斗、笑顔がないね。途中でカメラがあったでしょ？　あそこで笑顔だよ」

「カメラなんかあった？　全然気付かなかったよ」

余裕が無かったせいかカメラの存在に全く気がつかなかった。

ゴッドサンダースプラッシュ、神の雷《かみなり》は伊達《だて》ではなく本当に強烈だったが、まだまだ一つ目の乗り物なので、ラッターランドはこれからだ。

ただ、一つ目のアトラクションにして既に疲労困憊《ひろうこんぱい》となっている自分がいた。

「最初にジェットコースターに乗ったから次はこれにしようよ」

春香がマップで勧めて来たのは、ラッターシップアドベンチャーという二人乗りの小型の船に乗りながら、海賊《かいぞく》を倒《たお》して行くシューティングゲームアトラクションだった。

「ああ、これだったら俺《おれ》結構得意かも」

「私もこのアトラクション何度かやった事あるから競争しようか」

「それじゃあ、得点が低い方がジュースを奢《おご》るのでどう？」

「うん、それいいね。海斗には負けないよ」

十分程歩くと目的のアトラクションに着いたが、やはりここでも三十分程の待ち時間があるようだ。

「やっぱりどのアトラクションも行列だな～」

「ここは、まだいい方だよ。スマホで予約したところは、普通に並ぶと九十分待ちになってるよ」

「人気なんだな～。どれを予約したの？」

「それは、行ってみてのお楽しみだよ」

まあ、ラッターランドで人気のアトラクションならどんな乗り物でも楽しいのは間違い無《な》いだろう。

さっきのゴッドサンダースプラッシュは強烈だったが、遊園地もいいもんだな。

映画館は暗いけど明るいところでこうして春香と二人で並んで待っているのは至福の時と言っても過言ではない。

順番が来たのでさっそく乗り込むが今度のアトラクションは水流で流れて行くようだ。

これなら大丈夫《だいじょうぶ》そうだ。

乗り物に固定された銃《じゅう》で通過して行く海賊に向けてトリガーを引く。

「あっ。結構難しいなぁ」

「海斗、タイミングだよ。先に敵を確認《かくにん》しておいてから撃《う》つんだよ」

「それは分かってるけど」

思ったよりも難しい。

撃つタイミングが遅《おそ》いのか思ったようにカウントされない。

魔核銃《まかくじゅう》やドラグナーで銃には慣れているので、こういったのには強いかと思ったが勝手が違《ちが》う。

襲って来るわけでは無いのでプレッシャーはないのに、二発撃って一発カウントされる感じだ。

それでも今のカウントは十五なので悪くはない気がする。

「ガコンッ」

乗っている船に振動《しんどう》があったと思ったら今度はスピードが増して来た。

「スピードアップした?」

「さっきまでがちょっと上りでここから下りになったんだよ」

ジェットコースターのようなスピード感は無いが、体感だとさっきの倍ぐらいの速さが出ている気がする。

　スピードが増した分さっきよりも当たり難《にく》くなりカウントのペースが明らかに落ちてきた。

　焦って何度もトリガーを引いてみるが、連続で引いても撃ち出すペースは変わらないのかカウントのペースが上がる気配はない。

　最後に海賊の船長らしきものが出てきて、飛んだり跳《は》ねたり動き回っているのを狙《ねら》って撃つがなかなか当たらない。

　数十回撃ったうちの何発かは当たったとは思うが、最終的なカウントは六十二で最終地点に到着した。

「海斗、どうだった？　私結構上手《うま》く出来た方だと思うな」

「俺は六十二点だったけど、春香は幾《いく》つだった？」

「私はね～百五点だったよ」

「百五点⁉」

　下手をすると俺の倍近いカウントに驚《おどろ》いて、思わず春香のカウンターを覗《のぞ》き込んでしまったが、そこには確かに百五の数字が表示されていた。

　負けた……。

俺の得意分野だと思ったのに完璧《かんぺき》なまでに負けた。

「私何度かやった事があるから。初めての時は私も五十点ぐらいだったし」

「初めてっていつ頃《ごろ》の話？」

「多分小学校の一年生の時だったと思うんだけど」

確かに初めてというハンデがあったのは確かだと思うが、小学一年生の春香とほぼ同じ点数とはショックだ。

俺が下手なのか春香が上手いのか判断し辛いが探索《たんさく》者としてこのまま終われない。

流石《さすが》は春香だが今日中になんとか挽回《ばんかい》したい。

「ジュース何が良い？」

「それじゃあ、ラッタースカッシュでお願いします」

勝負に負けたので約束通り春香にジュースを奢るが、ラッタースカッシュ思ったより高いな。

普通のカップに入ったジュースが六百五十円もしていた。

俺も自分のを買って一緒に飲んだが流石はラッターランドだ。

ジュースを飲みながら園内を見て回るが、どのアトラクションも混んでいるので、今のうちに早めのランチを取る事にした。

「どこが良いかな」

「天気がいいから外でもいいと思うけど、せっかくだからラッターレストランとかはどうかな」

「じゃあ、そこにしようか」

ラッターレストランとは名前の通りレストランの中にラッター達が出没《しゅつぼつ》するというラッターファン垂涎《すいぜん》のレストランらしいがもちろん俺は行った事はない。

しばらく歩いて行くとラッターの大きなオブジェが飾《かざ》ってあるラッターレストランに着いた。

「そんなに混んでないし、座《すわ》れてよかったね」

「多分あと三十分程遅《ほどおそ》いといっぱいになってたと思うよ。私ちょっとお手洗いに行ってくるね」

「うん」

春香が席を立ったので周りを見てみると、レストランにはお客さんが大体七割ぐらい入ってる感じだが、カップルとファミリーばっかりだ。

一人で座っているとなんとなく気後《きおく》れしてしまい、居心地《いごこち》が悪いので気を紛《まぎ》らわせる意味合いもあり周りをキョロキョロと眺《なが》めていると、声をかけられた。

「おい、高木《たかぎ》じゃないか？」

「え？　ああ、天堂《てんどう》か？」

突然《とつぜん》名前を呼ばれてドキッとしてしまったが、声の方を見ると一年生の時に同じクラスだった天堂翔《かける》が立っていた。

「やっぱり高木か。なんか服のイメージが違うから別人かと思ったけど、一人でキョロキョロしてるのがいるから気になって見てたら高木っぽかったからな」

「ああ、俺このレストラン初めてだから」

「高木は一人で来てるのか？　俺は彼女《かのじょ》とデートなんだ」

「ああ、そうなんだ」

天堂の隣を見ると同い年ぐらいの女の子が立っているが、見た事ないので同じ高校では無いのかも知れない。

「こっちが俺の彼女の玲《あきら》。こいつ一年の時に同じクラスだった高木」

この言い方だともしかして同じ学校なのか？

「ああ、よろしく。高木です」

「こんにちは。高木君の事学校で見たことあるよ」

やっぱり同じ高校か。余計な事を言わないで良かった。

「高木はまさか一人でここに来てるのか？　お一人様ってやつか？」

「い、いや一人では」

「高木〜、男一人で来てるからって恥《は》ずかしがる必要はないだろ。人には言えない趣味《しゅみ》とかもあるよな。高木はラッターが好きなのか」

「特にラッターが好きと言う訳ではないんだけど。来たのも今日で二回目だし」

「いいって、いいって。学校では言わないでおいてやるから任せとけ」

「本当にそんなんじゃ」

「別に一人でもいいとは思うけど、やっぱりこういう場所は彼女と来た方がいいよな玲」

「それは彼女がいれば一緒に来た方が楽しいとは思うけど、彼女がいない場合はねぇ」

「ああ、すまん。悪気はなかったんだ。ただ俺も玲と付き合いだして初めてのラッターランドでテンションが上がってたんだ。悪い」

「いや、別にそれはいいけど」

まあ、二人共楽しそうだし、俺に彼女がいないのも事実なので特に言う事はないが、何と無く負けた感がある。

確か天堂も一年生の時は彼女はいなかったはずだ。

この一年の間に差がついてしまったのか。

「海斗、お待たせ」

「ああ、全然待ってないよ」

「へっ？　え？　葛城《かつらぎ》さん？」

「春香、同じ高校の天堂とその彼女の玲さん」

「あ、海斗と同じ五組の葛城です」

「ああ、葛城さんの事はもちろん知ってるけど、葛城さんがどうしてここに？」

「それは海斗と一緒に遊びに来てるからだよ」

「海斗って高木？　だよね」

「もちろんそうだよ」

「え？　葛城さん高木とラッターランドに遊びに来たんだ。二人っきりで？」

「うん、そうだけど」

「え？　どういうこと？　高木一人で来たんじゃないのか？」

「いや、だから一人で来たなんて一言も言ってないだろ」

「あ、ああ、そうだったか」

天堂は春香と俺が一緒にラッターランドに来たのが信じられないのか憮然《ぶぜん》とした顔で俺と春香を交互《こうご》に見てくる。

「うそだろ。葛城さんが……」

「翔、もういいでしょあっちに座りに行くよ。高木君、葛城さんそれじゃあまたね」

天堂は後《うし》ろ髪《がみ》を引かれるように何度もこちらを見ながら彼女に連れられて行ってしまった。

俺と春香の組み合わせがそれ程インパクトあったのかもしれないが彼女を連れてラッターランドに来ている奴にそんな顔をされる覚えは無い。

玲さんと春香を比べる事は出来ないが、彼女がいるという時点で天堂は勝ち組だ。羨《うらや》ましい。

「やっぱり他にも来てる人いるんだね」

「ああ、びっくりしたよ。急に声かけられたんだけど俺は全然気がつかなかった」

「海斗の場合、隣のテーブルに学校の子がいても気がつかなさそうだけどね」

「いや、さすがに隣は気がつくと思う。それより注文何にしようか」

「う〜ん、いろいろあって迷うけど私はこのラッタッタセットにしようかな」

「あ〜それもいいけど俺にはちょっと少ないから俺はラッタービッグバーガーセットにするよ」

メニューがいろいろあって悩《なや》んだけど、注文を決めてからはすぐ料理が運ばれてきた。

「ラッターバーガーってバンズがラッターの形なのか。女の子受けしそうだけど、ちょっと恥ずかしいな」

「そんな事ないよ。じゃあ食べる前に写真撮《と》るね」

そう言って春香がスマホで俺のラッターバーガーと俺を写真に収めてくれた。

「そういえば今日は、あの大きいカメラじゃないんだね」

「あれは乗り物に乗るのに邪魔《じゃま》になっちゃうから、今日はスマホで。まだあんまり写真撮ってないからご飯食べたらいっぱい写真撮ろうね」

「うん、お願いします。じゃあそろそろ食べようか。いただきます」

初めて食べたラッターバーガーはラッターの形をしているだけで、普段《ふだん》食べるとそれ程《ほど》美味しいとは感じないレベルの食べ物だったとは思うが、春香と一緒に食べている今は本当に美味しく感じてしまう。

春香と一緒にいれば何でも美味しく感じるのかもしれない。

俺も春香がラッタッタセットを食べているのをスマホで写真に収めたが、かわいい。

「この後どうしようか」

「うん、朝予約したヘブンズフォールラッターに行こうと思うんだけど」

「美味《おい》しそうだね」

「ああ、朝スマホで予約してたアトラクションか。じゃあそれ行こうか」

食事を終えて席を立とうとする頃《ころ》には既に待ちの行列が出来ていたので、早めに入ったのは正解だったようだ。

マップで確認するとヘブンズフォールラッターは一番奥《おく》にあり、結構歩かなければならないようなので食後の運動に丁度良さそうだ。

「春香は次のアトラクションに乗った事あるの？」

「私も初めてだよ。去年新しく出来てすごい人気みたいだから」

「そうなんだ。それは楽しみだな」

十五分程歩くとアトラクションの全景が見えてきた。

「あ、あれ？　あれがエンジェルフォールラッター？」

「ううん、あれがヘブンズフォールラッターだと思う」

「…………」

目の前に広がっていたのは巨大《きょだい》なジェットコースターのレーンだ。正直エンジェルだろうがヘブンズだろうが関係無いレベルででかい。

「なんか大きくないか？」

「うん、ラッターランド最大だって」

「なんか高くないか?」

「うん、日本最大級の高さと落差があるんだって」

「朝に乗ったゴッドサンダースプラッシュより大きいよね」

「うん、当社比二倍みたいに書いてたと思う」

当社比二倍って洗剤《せんざい》とかじゃ無いんだから。

「春香、結構激しそうだけど大丈夫?」

「うん、大丈夫。楽しみだね～」

どうやら春香は絶叫《ぜつきよう》系の乗り物は全然大丈夫のようだが、今過ぎ去って行ったジェットコースターは足が宙ぶらりんでぐるぐる回っている。

TVとか動画であんな感じのコースターを罰《ばつ》ゲームとかで乗ってるのを見た事がある気がする。

「それじゃあこっちだよ」

春香に案内されて、スマホ画面を提示すると行列が出来ている脇《わき》を抜《ぬ》けてすぐに搭乗口《とうじようぐち》まで辿《たど》り付く事が出来た。

「皆《みな》さ～ん、これから天国体験で～す。今までにない新しい世界への扉《とびら》が開きます。レッツラッターでスタートします。それでは、ひとときのヘブンズフォールをお楽しみください」

キャストの案内で乗り込む事になったが、なぜかまた一番前だ。

しかも足がぶらぶらした状態だが、本当にこれで大丈夫なのか？

そもそも靴《くつ》って脱《ぬ》げたりしないのか？

「それでは皆さん、レッツラッター！」

キャストの掛け声と共にヘブンズフォールラッターは動き出したが、動いたと思った次の瞬間強烈《しゅんかんきょうれつ》なGを伴い加速した。

は、はやい……。

今までの人生で経験した事が無いような加速感だ。

ゴッドサンダースプラッシュの落下も激しかったがそれとはまた違う加速感。

「ぐぅううう～」

強烈な加速で押《お》し出された勢いのまま宙ぶらりんの状態で一気に最上段まで運ばれ、次の瞬間に落ちながらローリングしている。

「おおぅ」

ルシールの『エレメンタルブラスト』でもここ迄《まで》の威力《いりょく》は再現出来ないかもしれない。

落ちながら回ると言う新感覚だ。

回り続けながら今度は縦回転に移行してぐるぐる回って行くが、同時に俺の内臓がシェイクされて行く。

お昼に食べたラッターバーガーもシェイクされて胃腸を飛び出しそうになる。

どう考えても食事後すぐに乗るような乗り物では無い。

完全に選択《せんたく》ミスを犯《おか》してしまったようだ。

重力に顔の動きを阻害《そがい》されながらも、目線を動かして横の春香の顔を見たが、笑っている。

何と楽しそうに笑っているではないか。

この状況《じょうきょう》にもかかわらず天使のような笑顔を浮かべている。

この瞬間俺《しゅんかんおれ》は悟《さと》った。

俺は絶叫マシーンが苦手だ。やっぱり両親と遊園地に行った記憶が無いのは、両親も苦手だったのかも知れない。

小学生の遠足の時は、テンションが上がっていたのか、それとも記憶にないだけで乗り物を限定されていたのかも知れない。

そしてこの笑顔を見る限り春香は絶叫マシーンが得意というか好きなのだろう。

今更《いまさら》この状況でどうしようも無い事に気がついてしまったが、今この時も怖《こわ》いものは怖い！

「うっわあああ～」

春香が横にいるので絶叫する事は出来ない。極限まで声を押し殺すが、口から音が漏《も》れ出してしまう。

俺の都合など考慮《こうりょ》してくれるはずもなくヘブンズフォールラッターは、更に加速を続ける。

俺の足は空中に浮いている。

俺はこの時改めて気がついた。

人間は地上から離《はな》れては生きていけないのだと。

しっかりと地に足をつけて生きていかなければいけないのだと。

進行方向を見ると撮影《さつえい》用のカメラが見える。

朝の失敗を繰《く》り返す訳にはいかないので、必死に顔の筋肉を動かして笑顔を作る。

その直後カメラの前を過ぎ去って行く。

俺は成《な》し遂《と》げた。朝の失敗から学び写真に笑顔で写ることに成功したと思うが、成功の余《よ》韻《いん》に浸《ひた》る暇《ひま》もなくクライマックスが訪《おとず》れた。

最後は横回転を続けながらの縦の大回転が待ち構えていた。

横回転と縦回転が同時に襲ってくるが、こんなの見た事無い。

「ふううううぅ～」

内臓という内臓が全方位から圧力を受け、口から変な音と共に肺の中の空気も押し出されて行く。

ゴッドサンダースプラッシュを作った人もおかしいのかと思ったが、ヘブンズフォールラッターを作った人も正常とは思えない。完全に狂《くる》っている。

テーマパークのコンセプトから完全に外れている。これをファミリーで乗る人の気が知れない。もはやラッター感ゼロだ。

コンセプトの一つである夢の国だが、これに乗ると違う国に行けそうだ。

必死で肩口《かたぐち》のバーにしがみついて回転に耐《た》えているうちにようやく終了を迎《むか》えた。

「皆さ～ん。天国体験できましたか？　またのお越しをお待ちしております」

と場違《ばちが》いな程《ほど》に明るく元気なキャストの声と共に固定バーを外されて俺はこの天国体験から解放された。

「海斗、すごかったね。空いてたらもう一回乗りたいぐらいだよ」

「ああ……そう、だね」

「海斗はどうだった？」

「う、うん。楽しかったよ。天国に行きそうだった」

「あ～写真だよ」

ふわふわする足を押さえ込み出口に歩いて行くと先程《さきほど》撮られた写真が並んでいた。

今度は大丈夫なはずなので余裕を持って写真を探してみる。

「海斗、ちょっと表情が硬くない？」

春香の見ている写真を確認したが、残念ながらそこに写る俺の顔は笑っていなかった。

そこに写っていた俺は、確かに口角が少し上がっているのが見て取れるが、目は全く笑っておらず、顔全体が固まっているかのようだった。

あれ程頑張《ほどがんば》った笑顔を作る努力は完全に失敗に終わったらしい。

「海斗、なんとなく元気がない気がするんだけど大丈夫？」

「うん、全然大丈夫。気のせいだよ」

「そう、それなら良いけど、楽しくなかった？」

「いやいや、楽しかったよ。春香は結構ジェットコースターとか好きなの？」

「うん、そんなによく乗る訳じゃないけど、楽しいから好きだよ」

「そう。楽しんでくれて良かったよ。ジェットコースターはさっきので十分楽しんだから後は違うのに乗らない？」

「うん、そうしようか」

上手く話をしてジェットコースター以外の乗り物に乗る事になったのでもう安心だ。

しばらく歩いてアトラクションの前に着いた。

「これ？」

「うん、これだよ。ゆっくりしてるしいいでしょ？」

目の前にはメリーゴーランドが現れた。

メリーゴーランドに乗るのはいつ以来だろう。

空いていたのですぐに乗る事が出来たが、俺が乗る事になったのは白い木馬で、春香も同じく木馬に乗る事になった。

音楽が始まり、ゆっくりとメリーゴーランドが回り始めた。

今までのアトラクションとは全く違い、身の危険は一切《いっさい》感じないし、ゆったりと乗る事が出来ているが、楽しいというより単純に恥ずかしい。

春香が木馬に乗っている姿は絵になるが、俺が木馬で回る様はなんともいえない感じで、周囲の人達《たち》も俺の事など見てないのはわかっているが、とにかく気恥《きは》ずかしい。

ジェットコースターは人の目は気にならなかったが、メリーゴーランドがこんなにも人の目が気になる乗り物だとは思わなかった。

小さな子供を連れた家族が乗っているのを見ると本当に幸せな感じでほっこりするが、自意識過剰《かじょう》なのか俺の周りだけ変な空気が流れている気がする。

「海斗～楽しいね」

「あ、ああ、うん」

春香が手を振ってくるので俺も遠慮《えんりょ》がちに手を振り返す。春香は本当に楽しそうに乗っている。馬上の春香はメルヘンの世界から抜け出したプリンセスのようで笑顔が眩《まぶ》しい。

間違っても天堂とかに見られたくは無いなと思いながら、伏《ふ》し目《め》がちに周囲を見回すとそこに天堂達がいた。

しかも天堂としっかりと目があってしまった。

さっきのも完全に見られていたと思う。

一気に顔に血液が集中していくのが分かるが今更どうしようもない。

「海斗～」

春香が再び俺に向かって手を振ってくれる。

恥ずかしいが俺には春香を無視する事など出来るはずもないので、天堂から見えないよう意識して小さく手を振って返した。

あ～恥ずかしい！　早く終わって欲《ほ》しい。

ジェットコースターの時も早く終わって欲しかったが、今回は違った意味で早く終わって欲しい。

何周目かを終えた時に徐々に回転する速度が遅くなり、メリーゴーランドが止まった。

天堂はこれから乗るんだろうけど、お互《たが》いに見られたいものでも無いだろうからそのまま声をかけずに去る事にした。

「やっぱりメリーゴーランドは良いよね」

「うん。ジェットコースターとは違った感じだった」

食後に乗るならヘブンズフォールラッターよりもメリーゴーランドに先に乗った方が良かったと思う。完全に順番を間違えた。

その後も緩やかな乗り物に幾つか乗ってる内に時間は過ぎてあっという間に夕方になってしまったので、次のアトラクションで帰る事となった。

最後のアトラクションはリアルホラーハウス。

名前のどこにもラッターが出て来ない上にリアルがついているのが少し気になる。

所謂《いわゆる》お化け屋敷《やしき》だと思うが、ファミリー向けであればそこまで怖くは無いはずだ。

「春香はお化け屋敷とか大丈夫？」

「ううん、お化けは普通《ふつう》に怖いよ。海斗は？」

「よく考えると俺お化け屋敷入るの初めてな気がするけど、普段ダンジョンに潜《もぐ》ってるから大丈夫じゃないかな」

そう話しながらおそらく人生初となるお化け屋敷の入り口を二人でくぐった。

初めてのお化け屋敷だが当然テレビとかでは観《み》た事があるので大体のイメージはある。妖怪《ようかい》の人形や装置が飛び出てきたりするはずなので落ち着いて進めば問題ないはずだ。

「暗いな」

薄暗《うすぐら》いというよりも真っ暗に近い。

進む方向が分かる様に通路沿いに所々灯《あか》りがついているものの光量は微々《びび》たるものだ。

暗い中をゆっくりと春香と並んで進んでいくが、暗いだけで特に何も起こらない。

「春香、何も起こらないんだけど、お化け屋敷ってこんな感じなの？」

「う～ん、多分もう少ししたら何か出てくると思うけど」

春香と話していると肩《かた》を後ろからトントン叩《たた》かれたので、俺は後ろのお客さんかと思い振《ふ》り向いた。

「どうかしました？」

そこには若い女の人が一人で立っていたが、俺が振り向いて声をかけた瞬間《しゅんかん》その女の人の首がポロッと落ちた。

「え？　あ、あああああああ～」

「きゃあああ～」

至って普通に見えた女の人の頭がなんの前触《まえぶ》れもなく突然落ちたのだ。

衝撃《しょうげき》以外の何物でも無い。

春香と俺は叫びながら、全速力でその場から逃《に》げ出した。

「大丈夫ですか？」

今度は逃げ出した前方から男の人の声が聞こえて来た。

「ああ、びっくりしたけど大丈夫です」

「そうですか、それではまだ足りませんね」

「え？　何がですか」

声の主が近づいて来たが、様子がおかしい。

妙《みょう》にシルエットが小さい気がする。

暗闇《くらやみ》の中を近づいて来るシルエットを良く見ると頭が無い。

頭を手に持った男の人が近づいて来ていた。

「ぎゃあああ～」

「きゃあああああ～」

再び俺と春香は叫《さけ》び声を上げながら男性の脇を抜けて奥へと走った。

「春香……。俺の思ってたお化け屋敷と何かイメージが違うんだけど」

「うん。怖すぎるよね」

妖怪とかなら作り物だと笑う自信もあったが、普通の人がお化けとして出て来るのがこんなに怖いとは思わなかった。

これ子供は絶対無理なやつだ。トラウマになりかねない。

「何か音がしない？」

春香が声をかけて来たので耳を澄《す》ますと確かに何かの音がする。

ズルズル擦《す》った様な音が前方の脇から聞こえてくる。

音の方へ進んで行くとそこには、ダンジョンで足を掴《つか》まれた黒髪《くろかみ》のグールを想起させる黒髪の着物を着た女の人が地面をズルズルとこちらに向かって這《は》って来ていた。

不気味だがこれは大丈夫そうだ。

そう思った俺がバカだった。

「憎《にく》い……憎い……憎い。あああああ～」

突然目の前の人が四つん這《ば》いになったかと思うと、奇声《きせい》を上げて四肢《しし》を使い猛然《もうぜん》とこちらにダッシュをかけて来たのだ。

「うああああああああ～」

「きゃああああああ～」

俺と春香は三度一目散《みたび》に逃げ出した。

余りに怖かったのか、逃げている途中《とちゅう》気がつくと春香が俺の手を握《にぎ》っており、普段なら、嬉《うれ》しいとか恥ずかしいとかの感情が生まれるシーンだったと思うが、恐怖《きょうふ》感が勝り逃げる事に頭と感情のリソースの大半が割《さ》かれてしまい、それどころではなかった。

「はぁ、はぁ。リアルホラーハウスってリアル過ぎないか？」

「あれってロボットか何かかな。四つん這いで走って来たよ？　あんなの人間には無理だよね」

びびりながら出口を目指すが、進む先にはまたしても着物姿の女の人が立っている。

また四つ足で向かって来るのか？

そう思い身構えていると、こちらに向かってきたが今度は下半身の動きがおかしい。

よく見ると下半身が蜘蛛《くも》の姿をしている。

見ている間に顔も化け物の姿に変化し四つ足どころか八つ足で迫《せま》って来た。

「ああああああ～」

「きゃあああああ～」

俺は四度《よたび》春香と手を繋《つな》いだまま逃げ出したが、ようやく先に出口の灯りが見えて来たのでそのまま外まで一気に走りぬけた。

人で攻めて来て最後に化け物を持って来るとは怖すぎる。

ダンジョンで慣れていると思ったが、ダンジョンよりも遥《はる》かに怖かった。

人為的《じんいてき》に人を怖がらせる為《ため》に作ったホラーハウスは、ダンジョンを遥かに凌駕《りょうが》していた。

「怖かった〜。今日一番怖かった」

「うん、これは一人では無理だよ。海斗と一緒《いっしょ》じゃなきゃ絶対無理だったよ」

ラッターランドは、暫《しばら》く来てないうちに凄《すご》い事になっていた。

絶叫マシーンで始まり、絶叫のホラーハウスで一日を終える事となったが、流石の春香もホラーハウスには衝撃を受けたようでラッターランドを出るまでずっと俺と手を繋いだままだった。

そこからラッターランドを出るまで俺の心臓の鼓動《こどう》は、ヘブンズフォールラッターに乗っている時よりも激しく速く動いていた。

お化け屋敷効果により初めて繋いだ春香の手は少し小さめで思った以上に柔《やわ》らかかった。

もうこれだけで今日ラッターランドに来た意味が十二分にあったと言い切れる。

ラッター様ありがとう。きっとラッターランドはこの為に存在していたに違いない。

刺激《しげき》は強めだったが、春香と二人で回るテーマパークは小学生の時の遠足とは比較《ひかく》にならない程に楽しく印象的だった。

絶叫マシーンは当分乗りたくないが、お化け屋敷は機会があれば春香とまた一緒に行ってみたい。

エピローグ

昨日は絶叫の連続だったが、僅《わず》かな時間だったとしても最後は春香《はるか》との距離《きょり》が少し縮まったような気がするので、ラッターランドに行ってよかった。

力を使い果たしてしまい深い眠《ねむ》りについてしまったが、どうにか起き出して朝一番でおっさんの店に向かう。

「おはようございます。直りましたか？」

「あ～？　直りましたかって直ったに決まってるだろ。誰《だれ》が研《と》いだと思ってんだよ。この通りだぜ」

おっさんから渡《わた》されたバルザードを見ると刃こぼれは完全に直っている。

「おおっ、本当に直ってる」

「当たり前だろ。だけどな直ったって言っても元に戻《もど》ったわけじゃね～からな。刃を研ぐって事は刃をそれだけ削《けず》ったって事だからよ。これを繰り返すと当然強度は落ちてくるから無茶《むちゃ》すんじゃね～ぞ」

「分かりました。ありがとうございます」

代金の二十万円を支払《しはら》ってからダンジョンへと向かうと、既《すで》に他のメンバーが揃《そろ》っていた。

「海斗《かいと》、バルザードは直ったの？」

「ああこの通りだ」

「ふ〜ん、綺麗《きれい》に直るものね。全然分からなくなってるわ」

「おっさんがちゃんと仕事をしてくれたみたい。だけどカメラと龍《りゅう》は思いの外武器への負担が大きいみたいだから。特にカメラの対策が必要だよな」

「残念だけど魔《ま》法耐性《ほうたいせい》も高いみたいだから私は出来て足止めくらいね」

「カメラを倒《たお》すには、シルかルシエに頼《たよ》るか、俺《おれ》がやったみたいに下方に潜り込《こ》んでの一撃《いちげき》が有効だとは思うけど、しとめ損《そこ》なって下敷《したじ》きになるのが怖いんだよな〜」

「それならベルリアと一緒に潜り込むのが良いんじゃないか？　ベルリアの力があれば最悪支えてくれるんじゃないか？」

「そうですね。それじゃあカメラが出た時はベルリアとペアで対処する事にしましょうか」

大まかな打ち合わせをしてから俺達《おれたち》は十五階層へ向かった。

二日間の休みを挟《はさ》んだのでリフレッシュしてみんな調子が良さそうにしているが、俺だけは少し勝手が違《ちが》った。

途中ペガサスなどのモンスターにも遭遇《そうぐう》したが、いつもよりMPの消費が早くなってしまっている。

バルザードの損傷を気にして剣《けん》を振るう度に切断のイメージを重ねてしまっているせいで、いつもよりMPの減りが早い。

MPがそれ程多く無い俺にとっては、悪手だがどうしてもバルザードを庇《かば》ってしまう。

「ご主人様、調子がお悪いのでしょうか？　剣の捌《さば》きに迷いがある様に感じられるのですが」

「流石《さすが》シルはよく見てるな。実は、バルザードがまた欠けるんじゃないかと思ったら中々な～」

「やはり、そうでしたか。ご主人様、そんな事は全く気にする必要はありません。私とルシェをもっとお使い下さい」

「え？」

「ご主人様の剣はバルザードだけではありません。私とルシェもご主人様の剣であり盾《たて》なのです。バルザードが使えないのであれば私達をお使いください。私達は決して欠ける事はありません。安心してもっとお使い下さい」

「海斗、デートのしすぎでボケたのか？　バルザードなんかただの魔剣《まけん》。ただの剣にしか過ぎないのになに気を使ってるんだ。バカなのか。例えバルザードが折れたってわたし達がいるだろう。お前には過ぎた剣が二本もいるんだ。本当にポンコツだな。脳みそ腐《くさ》ってんじゃないぞ」

「二人共……。そうだな、俺にはシルとルシェがいる。確かに最強の剣だな。うん、それじゃあ次から俺の剣としてどんどん戦ってもらおうかな」

「もらおうかなじゃない！　わたしが戦ってやるんだよ。感謝しろよ！　それで魔核《まかく》をもっとくれよ」

「ご主人様、私達の力はご主人様の力です。ご主人様のお考えも分かりますが、私達を使ってこそご主人様の力を最大限発揮する事になるのではないでしょうか」

「ああ、そうだな。シルも次から頼《たの》んだ」

俺は本当にサーバントに恵《めぐ》まれた。

頼り無《な》い俺を二人がサポートしてくれる。

二人の言う通り俺は最強の剣を二本持っている。例えバルザードが折れたとしても、既にそれ以上の剣を二本も持っていたのだ。

その事に気がつくと、バルザードを振るう時に躊躇《ちゅうちょ》していた感覚が急速に薄《うす》らいで行くのを感じた。

「マイロード、私もいますのでご安心を」

ああ、そうだった。俺の剣は二本じゃなくて三本だった。

そこからの探索《たんさく》は少しフォーメーションを変更《へんこう》した。

今まで常に後ろに控《ひか》えさせていたシルとルシェを中衛に置く事にした。

魔核の消費は増えるが、火力を重視した形だ。

他のメンバーも俺とシル達のやり取りを聞いていたのでフォーメーションの変更はスムーズにいったが、三人共シル達にいたく感銘《かんめい》を受けたとしきりに呟《つぶや》いていたのが少し気になった。

「ご主人様、この先に敵モンスター二体です」

「それじゃあ、一体はシルとルシェでもう一体は他のメンバーでいこう」

そのまま進んで行くと緑と赤の下級龍が一体ずつ現れたので、すぐに交戦に入る。

ヒカリンが『アースウェイブ』を緑の下級龍にかけ動きを封《ふう》じる。

そのタイミングでベルリアとあいりさんが駆《か》けて行く。

俺もバルザードの斬撃でブレスを阻害しようと身構えるが、ミクの火球が先に着弾《ちゃくだん》して下級龍の口が開くのを防ぐ。

隣《となり》では赤い下級龍に向かってルシェが攻撃《こうげき》を放つ。

「ようやくだな。退屈《たいくつ》だったんだ。あ〜ストレス溜《た》まった〜。赤いの目障《めざわ》りなんだよ。さっさと消えろ『破滅《はめつ》の獄炎《ごくえん》』」

魔法耐性が強くミクやヒカリンの火系の魔法《まほう》でダメージを与《あた》える事が出来なかった下級龍だが、ルシェの獄炎によりあっという間に消し炭と化してしまった。

単純な火力量の問題なのかそれとも炎の質なのか、やはりルシェの魔法は別格だった。

赤い下級龍が消滅《しょうめつ》するのとほぼ同時に緑の下級龍の首もあいりさんの『斬鉄撃』により落とされた。

「海斗〜腹が減った〜」

「わかってるよ」

うるさいルシェに魔核を渡すが、拗《す》ねないようにシルにも同数を渡す。

戦闘《せんとう》は圧倒的《あっとうてき》に楽になったが、やはり魔核が減っていく。

このままのペースで潜り続けると事前に貯《た》めた分が全部無くなってしまうかもしれない。

剣であるシルとルシェを養うのも主である俺の役目なので魔核集めはこれからも一切手を抜く事は出来ない。

「海斗さん、ルシェ様の炎は下級龍に通用してたじゃないですか。私の魔法が効かないのは威力が足りないのでしょうか？」

「いや、ヒカリンの魔法もかなりの物だと思うけどな〜。俺とじゃ比較にもならないし。

ルシェを基準に考えると中々難しいよな」

「次は爆発《ばくはつ》させてみてもいいですか？」

「あれは場所と状況次第《じょうきょうしだい》だからな〜。安全の為にも出来るだけ使わない方がいいと思う」

「そうなのですか」

俺達は更《さら》に進んで行き、前回の位置を越えてマッピングに成功している。

「ご主人様、敵モンスターですが五体です。今までより数が多いのでお気をつけ下さい」

「多いな。シルも前に出てくれ」

進んで行くとカメラが三体に大こうもりが一体、下級龍が一体の五体が待ち受けていた。

「シル、雷撃《らいげき》で大こうもりを先にしとめてくれ！」

「かしこまりました。こうもりはおまかせ下さい、『神の雷撃』」

一番に気をつけるべきはこうもりの超音波攻撃《ちょうおんぱこうげき》なので、速攻《そっこう》でシルの雷撃で落してもらう。

「ルシェ、カメラいけそうか？」

「は〜？　誰に言ってんの？　バカにしてるのか？　いけるに決まってるだろ。気でも狂ったのか？」

「あ～それじゃあとりあえず一体頼んだぞ」

「別に一体じゃなくて全部でもいいけどな。それじゃあやるぞ。鈍《にぶ》い亀《かめ》は目障りなんだよ。くるくる回ってるんじゃない。さっさと消えろ『侵食《しんしょく》の息吹《いぶき》』」

ルシェの攻撃発動と共に真ん中のカメラの回転が止まり地面に落ち溶《と》け始めた。

カメラの巨体《きょたい》が見る見るうちに溶けていく。

ルシェによる『侵食の息吹』はカメラにもいかんなく効果を発揮したがやはりエグい。間違《まちが》ってもくらいたくは無い。

真ん中のカメラの消失を見届けてから俺とあいりさんは下級龍に向かい、ベルリアはカメラへと向かう。

俺はあいりさんの必殺の一撃をサポートすべく、下級龍の牽制《けんせい》をする。

ブレスにさえ気をつけていれば下級龍にはもうそれ程苦戦しなくなっている上に、ヒカリンとミクが動きを阻害してくれているので安心して戦うことができる。

距離感だけは間違えない様に気を配りバルザードを振るい下級龍を追い詰《つ》めて行く。

下級龍の注意すべき点は、足の短さに似合わない高速移動とブレスによる攻撃だが、どちらもミクとヒカリンにより封じ込めているので怖さはそれ程無いが外皮が硬《かた》い事に変わりは無い。

俺はあいりさんの『斬鉄撃』を放つ隙《すき》を作るべく、移動を繰り返しながら届くか届かないかぐらいのギリギリの位置まで迫ってからバルザードを振るう。

俺が倒す必要はないので注意を引く様に少し大振《おおぶ》りに剣を振るうが、相手もサイズのあるモンスターなので迫力《はくりょく》がある。ただラッタ―ランドのリアルホラーハウスの最後に出て来たモンスターの方が何倍も怖かった。

「やあああああ～」

あいりさんの気合いの声と共に薙刀《なぎなた》の一撃が下級龍の首を刈《か》り取った。

残るはカメラ二体だ。ベルリアが一人で果敢《かかん》に攻撃を仕掛《しか》けているが回転するカメラは鉄壁《てっぺき》ともいえる防御力《ぼうぎょりょく》でベルリアの二刀を阻《はば》んでいる。

「ベルリア下がれ！　シル、ルシェ頼んだぞ！」

「くるくる回っているだけで私の攻撃が避けられるはずがないでしょう。落ちなさい。『神の雷撃』」

「さっさと消えろ。くるくる目障りなんだよ。焼けてなくなれ『破滅の獄炎』」

俺の指示に反応してシルとルシェがほぼ同時にスキルを発動して、目の前のカメラに雷《かみなり》と獄炎が降り注いだ。

炎への耐性《たいせい》を見せていたカメラだが、ルシェの獄炎の前には無力だった。炎が立ち昇《のぼ》ると燃え始め、瞬時《しゅんじ》に灰と化した。

同じくシルの雷もカメラの魔法耐性を無効化して一瞬《いっしゅん》でカメラを灰に変えてしまった。

「凄いな。カメラも一撃か。二人共流石だな。ベルリアは次頑張《がんば》ろうか」

「マイロード、次は必ずしとめてみせます」

「まあ、得手不得手があるからな。とりあえず魔核を集めて来てくれ」

「はい、お任せ下さい」

俺達があれだけ苦戦したカメラだがシルとルシェのおかげであっさりと倒すことに成功した。

流石は最強の剣だ。

ベルリアが魔核を回収するのを待ってから二人にスライムの魔核を渡しておく。

「海斗さん、結局土日はどこに行ったんですか？」

「ああ、ヒカリン達にノープランはダメだって言われたから土曜日は映画に行って、日曜日はラッターランドへ行ってきたよ」

「ラッターランドですか。私も小さい時はよく連れて行ってもらったのです。最近は行けてませんが」

「それでどうだったのよ。彼女《かのじょ》とうまく行ったの？」

「いや彼女じゃないけどな。それが俺も小学校以来だったんだけど凄かったよ」

「凄かったってどうだったのよ」

「それが乗り物は激しすぎるし、お化け屋敷は怖すぎるし、とてもじゃないけどファミリー向けとは思えなかった。夢の国って言うより悪夢の国に近かったかも」

「それじゃあ楽しくなかったのね」

「いや物凄《ものすご》く楽しかったよ。俺どうやら絶叫《ぜつきょう》系の乗り物は苦手だったみたいで、ほとんど死にそうだったけどね」

「楽しくてよかったですね。それはともかく海斗さんはあれだけダンジョンでも飛んだり落ちたりしてるのに絶叫系ダメなのですか？」

「ああ、俺も大丈夫《だいじょうぶ》だと思ってたんだけど乗ったら全くダメだった。それにあそこのお化け屋敷はやばいよ。春香と二人で本気でびびった」

「海斗はそれなのに凄く楽しかったのか？」

「はい、春香と一緒だったんで物凄く楽しかったですよ」

「そうか。ベタ惚《ぼ》れというか、お花畑というか、まあ良かったな」

「海斗さん、次の土日もデートなんですよね。行く場所決めたのですか？」

「デートではないけど、まだ決めてないよ。今度はあんまり激しくない所を考えてみるよ」

ラッターランドは楽しかったが、どう考えても頻繁《ひんぱん》に行くものでは無いので当分もう行かないつもりだ。

来週は絶叫しない場所に行きたいと思う。

「コンッ、コンッ」

「ヒカリン風邪《かぜ》でもひいた？　先週も少し咳《せき》してなかった？」

「いえ、大丈夫なのです。季節の変わり目で少し調子を崩《くず》しただけです」

「そう、じゃあ無理せず行こうか」

ここまで順調に進んではいるが、ヒカリンが少し風邪気味みたいなので様子を見ながら進んで行こうと思う。

先週も咳をしていたようだしちょっと心配だな。

あとがき

読者の皆様こんにちは。

読者の皆様にこの場で挨拶させていただくのもこれで七回目となりました。

モブというよりもレアなモブから読者の皆様に支えられ、ついに『モブから始まる探索英雄譚』は七巻を迎える事となりました。

月並みですが皆様には感謝しかありません。本当にありがとうございます。

『モブから始まる探索英雄譚』の執筆にあたりいつも心がけているのは、壮大なファンタジーではなく等身大ファンタジー。

主人公はどこかの世界の読者の皆様。

そう思いながら執筆していますが、今回は学園生活や春休みに入りラッターランド等いつも以上に海斗の日常に触れていただける七巻となりました。

外で遊ぶ事が大好きな読者の方も家で過ごす時間が長い読者の方もモブからの登場人物となり、自由にモブからの世界を楽しんでいただけると嬉しいです。

モブからはファンタジーなのでフィクションですが一部作者の経験を基にしている部分もあります。

主に水棲系モンスターや虫系モンスターの描写等です。

そして最近も作者の身にモブからの世界かと錯覚してしまうような出来事がありました。

部屋に取り入れた洗濯物を片付けようとしたら「ブゥ〜ン」という羽音が……まさかゴキブリ!?　と思ったら洗濯物の中に大きなハチが！　これは！　ミツバチじゃない！　まさかのスズメバチ！　人生二度目のスズメバチとの戦い。絶叫しながら急いで殺虫剤を手に遠距離からゴキブリ用の強力殺虫剤をひたすら噴射。噴射の圧で押し留めながら交戦しましたが、当然のようにスズメバチもこちらを敵と認識したのか猛然と向かってきました。ドアのところまで噴射しながら後退り、どうにか逃げ込み、ガラス扉から窺いながら距離を保って再び噴射。ひたすら噴射でどうにか倒すことができましたが、久々に身の危険を感じ恐怖に慄きました。殺虫剤の対象にはハチの記載はありませんでしたがスズメバチにも効果有りでした。

ただ、専用ではないからかゴキブリ以上にしとめるのに時間がかかってしまいました。

ダンジョンの一階層で海斗の使用しているのも最強ゴキブリ用の殺虫剤ですが、きっと海斗もスライム相手に同じ様な気持ちで臨んでいるのかもしれません。

ちなみにシルやルシェ同様に作者は虫全般ダメです。昔は平気だったカブトムシも、もうムリです。

なので、家にゴキブリが出た時は大変です。日中でも戦場と化しますが寝静まった深夜に「カサカサッ」と音が聞こえてきた時は最悪です。深夜にゴキブリと対峙する勇気はないので布団を頭から被り、なかった事にして寝ますが、時々する「カサカサッ」という音にちょっとしたホラー映画並みの恐怖を味わっています。

皆様も日常の中に潜むファンタジーな経験をモブからの世界に重ねて読んでもらえるとより楽しんでいただけるかもしれません。

そしてモブからの世界はまだまだ続きます。

今回この本を手に取ってくれた読者の皆様のおかげで、おそらく来年出るであろう八巻では、またあとがきで皆様に伝えたい事がいっぱいあります。

本編頑張れよというツッコミの声が聞こえてきた気がしますが、また皆様と八巻でお会い出来ることを楽しみにしています。

海翔

HJ文庫 https://firecross.jp/
1116

モブから始まる探索英雄譚7

2023年10月1日　初版発行

著者——海翔

発行者—松下大介
発行所—株式会社ホビージャパン
〒151-0053
東京都渋谷区代々木2-15-8
電話　03(5304)7604（編集）
03(5304)9112（営業）
印刷所——大日本印刷株式会社

装丁——BELL'S GRAPHICS／株式会社エストール

ISBN978-4-7986-3313-8　C0193

ファンレター、作品のご感想
お待ちしております

〒151−0053　東京都渋谷区代々木2−15−8
(株)ホビージャパン HJ文庫編集部 気付
海翔 先生／あるみっく 先生

忘れられ師の英雄譚 1

聖勇女パーティーに優しき追放をされた男は、記憶に残らずとも彼女達を救う

著者／しょぼん
イラスト／∴

大事だからこそ追放する!?
絆と記憶の物語!

異世界転移し、苦難の末Sランクパーティーの一員となった青年・カズト。しかし彼は聖勇女・ロミナによって追放され、能力の代償として仲間たちの記憶から消え去った――。それから半年後、カズトは自分に関する記憶を失った仲間の窮地に出くわし、再び運命が動き出すことに……！

発行：株式会社ホビージャパン

夫婦で無敵な異世界転生×新婚ファンタジー!!

英雄と賢者の転生婚
～かつての好敵手と婚約して最強夫婦になりました～

著者／藤木わしろ　イラスト／へいろー

英雄と呼ばれた青年レイドと賢者と呼ばれた美少女エルリア。敵対国の好敵手であった二人は、どちらが最強か決着がつかぬまま千年後に転生！　そこで魔法至上主義な世界なのに魔法が使えないハンデを背負うレイドだったが、彼に好意を寄せるエルリアが突如、結婚を申し出て──!?

シリーズ既刊好評発売中

英雄と賢者の転生婚 1～3

最新巻　英雄と賢者の転生婚 4

HJ文庫毎月1日発売　発行：株式会社ホビージャパン